十手長屋物語㊀

坂岡 真

時代小説文庫

角川春樹事務所

目次

十手長屋物語㈠

高砂や

一

　江戸でお七風邪《しちかぜ》が流行《はや》った享和《きょうわ》は三年で終わり、新年号を「元明」と誤って報じた瓦版《かわらばん》屋は勇み足で首を無くした。

　文化《ぶんか》元年（一八〇四）春たけなわ、三社祭りの余韻も残る浅草寺《せんそうじ》奥山《おくやま》には桜吹雪《さくらふぶき》が舞っている。

　奥山から少し戻って仁王門《におうもん》を潜《くぐ》り、雷門《かみなりもん》にいたる仲見世《なかみせ》大路の一角、参詣《さんけい》客で賑《にぎ》わう楊枝《ようじ》屋と煎餅《せんべい》屋に挟まれ、一軒だけ閑古鳥の鳴く海苔《のり》屋があった。

　招牌《まねき》に書かれた『はま与《よ》』という屋号は消えかけ、敷居をまたいで暗い見世のなかを覗《のぞ》けば、皺《しわ》顔の婆《ばあ》さまがぽつんと座っている。

　置物のように動かないので、見る者はみな心配になった。

「死んじまってんじゃねえのか」

ところが、顔を近づけた途端、ぬごっと鼻を鳴らし、置物はちゃんと生きていることを証《あか》してみせる。

婆さまの名はおはま、つれあいの与兵衛《よへえ》とはおしどり夫婦として知られ、見世の屋号もふたりの名をくっつけて『はま与』にした。ところが、月日の流れは無常にも早すぎ、今では屋号の由来を知る者も数えるほどしかいなくなった。

なにせ、与兵衛は三十五年前に亡くなり、一人息子の五兵衛《ごへえ》も二十年前に亡くなっている。

親子二代にわたって、お上から十手を預かる岡《おか》っ引《ぴ》きだった。

雷門の親分さんとして親しまれ、頼りにされてもいたし、季節の行事には欠かせない町の顔役でもあった。

ふたりは大酒呑《の》みで、しかも大の風呂《ふろ》好き。信じがたい話だが、死に方まで同じだった。

三十五年前の師走《しわす》、与兵衛は雪の降りしきる晩に酒を浴びるほど呑んだあげく、桶《おけ》屋の棺桶を湯船と勘違いしてしまった。着物を脱いで棺桶に納まり、そのまま冷たくなって朝を迎えたのだ。それから十五年後の師走、五兵衛も棺桶を湯船と取りちがえた。

親も阿呆《あほう》なら子も阿呆。それでも隣近所からは幸せな死に方じゃねえかと慰められ、おはまもそんなものかと自分を納得させた。

遺《のこ》されたのは海苔屋の看板と、五兵衛の逃げた女房が置きわすれていった子がひとり、与、五、六と語呂が良いので六兵衛《ろくべえ》と名付けられたその子も、何の因果か爺《じい》さまの錆《さ》びた十手を預かり、岡っ引きの三代目になっている。

ところが、この六兵衛、ゆるいまわしを付けた相撲《すもう》取りのような男だった。年末におこなわれる町内の俵投げ競《くら》べで一番になるほどの力持ちだが、十手はただの飾り物、やる気のやの字も感じられない。朝から晩まで寝てばかり。もちろん、手柄などあげた例《ため》しとてなく、見世の裏手に控える出世大黒にはそっぽを向かれ、近所の洟垂《はなた》れ小僧にさえ小馬鹿《こばか》にされる始末だった。

耳を澄ませば店先から、六兵衛を囃《はや》したてる唄《うた》が聞こえてくる。

「……ゆうるゆうるのふんどしは浅草《あさくさ》海苔屋の三代目、盗人《ぬすつと》どもにゃ背中向け、鼻毛を編んでおりゃしゃんす。悪党どもは好きほうだい、やりたいほうだいのさばりかえる。非道もぎどう辻《つじ》強盗、ひとさらいにつつもたせ、なまぐさ坊主に小悪党、束にまとめて水に流せばうにゃ桜《ざくら》、ぐずろ兵衛《べえ》とはこれいかに、ろくでなしの木偶《でく》の坊《ぼう》」

おはまは眸子《まなこ》をかっと瞠《みは》り、大声を張りあげた。

「くそがき、静かにおし」

洟垂れどもは歓声をあげ、蜘蛛《くも》の子を散らすようにいなくなる。

とろんとした眸子の六兵衛が、奥からのっそりあらわれた。

「ばあちゃん、腹あ減った」

「ったく、おまえはそんなざまだから、二十五にもなって浮いた話のひとつもないんだよ。ほら、出ておいき。奥山に行きゃ、小悪党の一匹や二匹はおるじゃろう。とっつかめえて縄あ打ち、手柄のひとつもあげてみな」

齢《よわい》七十を過ぎても、おはまは胸のすくような啖呵《たんか》を切る。

「おまえのじいさまはてえした男だった。なにせ、かの日本左衛門《にっぽんざえもん》をお縄にしたんだからねえ」

天下の大泥棒として名高い日本左衛門こと浜島庄兵衛《はまじましょうべえ》が京で捕まったのは、今から五十七年前の延享《えんきょう》四年（一七四七）正月のことであった。与兵衛爺は火盗改《かとうあらため》の助っ人におもむき、罪人を京から江戸まで護送する唐丸駕籠《とうまるかご》を担いだ。

駕籠を担いだだけなのに、話に尾鰭《おひれ》がついていつのまにか、大泥棒を捕まえた一番手柄の岡っ引きになっている。もう何百回と聞かされた自慢話だが、おはまによれば、六兵衛がこうして十手を預かっていられるのも、与兵衛爺の立てた手柄のおかげだという。

「おまえのおとっつぁんだってね、なかなかどうして、筋金入りの岡っ引きだったよ」

「けど、おっかさんに逃げられたんだろう」

六兵衛は母の顔をおぼえていない。まだ乳飲み子のころ、若い男をつくり、家を出たきり帰ってこなかったと聞いている。父の五兵衛は淋《さび》しさを紛らわすべく酒に溺《おぼ》れ、与兵衛爺と同様、棺桶のなかで凍死したのだ。

ふん、筋金入りの阿呆ではないか。

「ばあちゃん、おいらは棺桶のなかじゃ死なねえ。棺桶にゃ死んでから入《へ》えるよ」

「あたりまえだろ」

棺桶の話を持ちだすと、おはまはいつも寝たふりをする。

六兵衛はしけた煎餅を齧《かじ》りながら、奥の部屋へ消えていった。

するとそこへ、騒々しくやってきた者がある。

「よう、婆さん、生きてっかあ」

雷門の門前に店《たな》を構える桶屋の親爺《おやじ》だ。名は仁吉《にきち》、世話好きでうっかり者、本職は棺桶を作る職人だが、葬儀屋の商売も手広くやっている。与兵衛爺の弟の長男なので、六兵衛とも血の繋《つな》がりはある。ほかでもない、与兵衛と五兵衛が風呂桶とまちがえて入った棺桶の持ち主だった。

「へへ、婆さん、安心しな。お迎えが来たら、あとの面倒はみてやるよ」

「縁起でもないことをぬかすな。この、すっとこどっこいのふりまらめ」

「すっとこどっこいの何だって」

「ふりまらだよ。おまえさん、銭湯でのど自慢をしていて、ふんどしをまた盗まれたんだってねえ。いったい、今年になって何尺盗まれたんだい。おまえさんみたいなうっかり者に、後始末なんぞ頼むもんか」

「そんな態度はよくねえなあ。でえち、可愛《かわい》げってもんがねえ。婆さんから可愛げをとったら何がのこる。因業《いんごう》な梅干し婆《ばばあ》よりか、出涸《でが》らしの茶葉のほうがまだましだぜ。まあいいや、嫌みを言いに来たわけじゃねえ。今日はよ、六兵衛のやつに良い話を持ってきてやったんだ」

「良い話って、まさか」

「縁談だよ」

「ほへえ、辛気くさい天蓋《てんがい》屋が縁談かい」

「皮肉はそのくれえにしときな。相手は七福《しちふく》の箱入り娘だ」

「七福ってのは、門前の損料屋《そんりよう》のことかい」

「さいですよ。花嫁衣装から喪服まで、着るものなら何だって貸してもらえるぜ。娘の名はおこん、鬼も十八番茶も出花《でばな》、どっこい、この娘、鬼でも出涸らしでもねえ。このおれさまが岡惚《おかぼ》れしちまうほどの縹緻《きりよう》良しさ」

「からかってんのかい。おこんは門前の小町娘だろう。どう考えたって高嶺《たかね》の花だ。それが何だって、うちのぐずろ兵衛なんかと」

「理由なんざわからねえ。でもな、先様から持ちかけてきた話なんだぜ」

「七福のご主人が」

「そうよ。主《あるじ》の庄左衛門《しようざえもん》さんは町の顔さ。それがな、はま与の若親分さんをどうしても婿に迎えてえと、こう仰《おつしや》る」

「婿にかい」

「ああ、ただし、店を任せるわけじゃねえ。お上の御用はつづけてもらって構わねえそうだ。この耳で直《じか》に聞いたんだからまちがいねえ。若親分に連絡《つなぎ》をとってほしいと頼まれたんだ。そりゃ何度もたしかめたさ。ほんとうに、六兵衛でいいんですかいってな」

「いいのかい」

「いいんだとさ。六兵衛じゃなきゃいけねえ理由《わけ》があるらしい」

「それは何だい」

「さあ、知らねえ。下手《へた》にほじくりゃ、話がこじれるかもしれねえ。そうおもって、訊《き》かずにおいたのさ。ともかくよ、おれは仲人を頼まれた。ま、言ってみりゃ、縁結びの月下美人を仰せつかったってわけ」

「それを言うなら、月下氷人だろう。莫迦《ばか》だねえ、あんたは」

憎まれ口を叩《たた》きながらも、おはまはまんざらでもない様子だ。

「やっぱし、血は争えないもんだねえ」

「どういうこったい」

「与兵衛も五兵衛も若い時分は色男でねえ、町娘たちに騒がれたもんさ。よ、海苔屋の親分、鯔背《いなせ》だよ、こっち向いて、なんてね」

「梅干し婆が何言ってやがる」

仁吉は眉《まゆ》に唾《つば》を付け、奥を覗きこもうとする。

「ところで、御本尊はどうしてる。あいかわらずの牛野郎か」

「あたしに力があったら、横びんたのひとつもくれてやるんだがね。ちったあ、しゃいてみるまでもねえな。この話、すすめても構わねえだろう」
「持って生まれた性質《たち》ってのは、容易《たやす》く直せるもんじゃねえや。ともかく、本人に訊
っきりしてほしいもんだよ、まったく」

「お願いしますよ、仁吉さん」

「へへ、まかしときなって」

仁吉の気配は去った。

話はすべて筒抜けだ。

六兵衛は畳に寝転がり、おこんの顔をおもいだそうとした。

そのたびに、地主稲荷《じしゅいなり》に祀《まつ》られた白狐《しろぎつね》の顔が浮かんでくる。

「こん、こんこん」

婿入りとなれば、結納だの祝言だの、煩わしいことが待っている。

おこんがどうのというより、そっちのほうが気に掛かった。

面倒臭いが、こればかりは仕方ない。

いずれは避けてとおれぬ道だ。

「ま、いっか」

六兵衛は豆をぽりぽり齧りながら、天井の節穴をみつめた。

二

昼餉《ひるげ》を摂《と》り、ふらりと参道へ出た。

奥山に向かって歩いていると、幼子の手を引いた丸髷《まるまげ》の中年増《ちゅうどしま》が妖《あや》しげに微笑《ほほえ》みかけてくる。

「ほうら、鳩《はと》ぽっぽの親分さんだよ」

なるほど、六兵衛は節分でもないのに、いつも豆を食いながら歩いていた。喋《しゃべ》りもおぼつかぬ幼子のあいだでは「鳩ぽっぽ」と呼ばれているのだ。

「ほうら、吉坊《よしぼう》、景気づけに抱いておもらい」

やたら色気のある母親に背を押され、吉坊がよたよた近づいてくる。

六兵衛が仕方なく抱きあげると、吉坊は顰《しか》めっ面をつくり、ぶるっと胴震いしてみせた。

「うえっ、こいつ漏らしやがった」

黄八丈《きはちじょう》の袖口《そでぐち》に、小便臭い染みができた。

突如、吉坊は火がついたように泣きだす。

血相を変えて駆けよる母親の胸に吉坊を押しつけ、六兵衛は苦い顔で踵《きびす》を返した。

遠くの雷門を睨《にら》みつければ、尻端折《しりっぱしょ》りの若僧が一直線にすっとんでくる。

「兄ぃ、兄ぃ」

下っ引きの勘八《かんぱち》だ。

馬に蹴《け》られたような面の男だが、足だけは馬並みに速い。「おれさまは韋駄天《いだてん》の勘八よ」と粋《いき》がってはいるものの、早合点《はやがてん》してすぐにどこかへ消えてしまうとんちきだ。

「よう、勘八か、久しぶり」

「って、兄ぃ、今朝も会ったじゃねえか」

「そうだったな、忘れてた」

「何やら、浮かぬ顔で」

「吉坊に小便を引っかけられた」

「うへへ、そいつはご愁傷さま」

「小便だけじゃねえ。ふりまらが家に来やがった」

「ふりまらって」

「桶屋の親爺さ」

「ははん、爺さまの代から棺桶とは腐れ縁があるかんな。兄ぃが桶屋の親爺を避けてえのはわかるぜ」

「急ぎの用か」

「おっと、そうだった。浦島《うらしま》の旦那《だんな》がお呼びでやんすよ」

「浦島平内《へいない》さまが」

「たまさか黒船町《くろふねちょう》の大番屋に顔を出したら、浦島さまが大声で兄ぃを呼んでこいと」

「今すぐにか」

「そりゃそうでしょ」

定町廻《じょうまちまわ》りの浦島平内に呼ばれたら、何をさておいても馳《は》せさんじぬわけにはいかない。

六兵衛が岡っ引きの三代目なら、平内も廻り同心《どうしん》の三代目、今は亡き祖父平吉《へいきち》、ならびに父平蔵《へいぞう》の跡を継いでいる。浦島家との関《かか》わりは五十年余りにおよび、六兵衛が十手を預かっていられるのも浦島家あってのことだった。

地廻りの連中などは十手の権威を笠《かさ》に着たいので、六兵衛のことを羨《うらや》ましがっている。金ならいくらでも出すから岡っ引きの立場を譲ってほしいと、頼まれたこともあった。

金など貰《もら》わずとも、十手を返上する気はある。お上の御用など面倒なだけで儲《もう》かるわけでもないし、他人を探ったり痛めつけたりするのは性に合わない。

けれども、ただでさえ威張っている地廻りを勢いづかせたら、世間様に叱《しか》られる。隣近所に白い目でみられ、おはまにも肩身の狭いおもいをさせねばならぬ。それが辛《つら》いので、ひとまずはやめておいた。

今のところ、ほかに返上する理由もみつからず、そのまま十手を預かっている。

「勘八よ、浦島さまは何か仰ったか」

「いや、何にも」

「おもいあたることはねえのかい」

「おもいあたること、おっと、ひとつありやした。昨晩、伊勢屋紋十《いせやもんじゅう》の蔵宿から二百両が盗まれたんでげすよ」

「そいつを何で早く言わねえ。伊勢屋紋十といやあ、札差《ふださし》仲間の肝煎《きもいり》、蔵前《くらまえ》でいっち羽振りの良い商人《あきゅうど》だ」

「きっと、その件でやしょう。盗人一味を草の根を分けてでも捜しだせってことだな。兄ぃ、手柄をあげる好機ですぜ」

「手柄か、七面倒臭えな」

六兵衛はとんちきな勘八をしたがえ、黒船町までやってきた。

大番屋は蔵前大路の北端、榧寺《かやでら》で知られる正覚寺《しょうかくじ》の門前にある。九尺二間《くしゃくにけん》の自身番よりも遥《はる》かに広々としており、建物の構えも立派だ。大番屋は調べ番屋とも称し、罪人とおぼしき者を小伝馬町《こでんまちょう》の牢屋敷《ろうやしき》へ送りとどけるまで、留めおくところでもあった。

敷居をまたぐと、むっとするような汗臭さが鼻をついた。

板壁に囲まれた奥の間に、無宿者が何人か繋がれているのだ。

同心たちは長居をせず、帳面に記録を付けるとすぐに消えてゆく。やはり、昨晩の一件があったせいか、どことなく落ちつかない空気につつまれていた。

ただひとり、浦島平内だけは部屋の隅で柱にもたれ、うたた寝をしている。

「浦島さま、浦島さま」

平内は勘八に揺り起こされ、亀《かめ》のような顔で欠伸《あくび》をした。

あいかわらず、もっさりしている。

北町奉行所《きたまちぶぎょうしょ》の定町廻りでは中堅だが、三代目ゆえか、出世や手柄を格別に望んでいるふうでもない。

「ん、六か、よう来たな」

「急用と聞いて、飛んでめえりやした」

「嘘《うそ》をつくな。ぐずろ兵衛が飛んでくるはずはねえだろ」

「お察しのとおり、のんびり歩いてめえりやした」

「ふふ、正直にそう言やいい。世の中にゃ、おめえみてえなのも必要だ。ぐずだのろまだと言われても、平気な顔でのんべんだらりんと暮らしていやがる。ことにな、江戸ってのは忙《せわ》しねえところだ。せっかちな連中ばっかだし、火事だ喧嘩《けんか》だとすぐに騒ぎたがる。男も女も年寄りも恰好《かっこう》をつけたがり、何かにつけて粋だ野暮だときめつけたがる。春の野っ原で欠伸をしているようなやつを見掛けると、心底からほっとするぜ。おめえだよ。牛みてえに暢気《のんき》な面をさらしているだけで、おめえは充分他人《ひと》様の役に立っている。おれにゃ、そうおもえて仕方ねえのさ」

などと好き勝手に評しつつ、平内は大口をあけて欠伸をする。

勘八が横から口を挟んだ。

「浦島さま、こう言っちゃ何でやすが、兄ぃもやるときゃやりやすぜ」

「おっと、そうかい。いいんじゃねえか、それで」

「何だか、拍子抜けだなあ」

口を尖《とが》らす勘八を制し、六兵衛はにっこり笑いかけた。

「で、旦那、御用ってな、何です」

「おう、伊勢屋の紋太郎《もんたろう》は知ってるか」

「札差の若旦那でやすね。札差のくせして札付きの放蕩者《ほうとうもの》、つい先だっても上野山《うえのやま》の桜を伐《き》って咎《とが》めを受けやした」

「上野山の桜は御用桜だ。枝を折っても島流し、梢《こずえ》を伐ったら打ち首ときまっている。ところが、紋太郎は軽く叱られただけ。父親が金の力で上から下まで黙らせちまった」

「その若旦那が、また何かやらかしたので」

「やらかした。三日前の真っ昼間、人通りの多い下谷《したや》の広小路でな。さらし首をまねて自分の首を台のうえに置き、町娘を驚かして喜んでおったそうな」

「莫迦ですねえ」

「ちと灸《きゆう》を据えてくれと、伊勢屋の旦那に頼まれてな」

平内は言ったそばから、ずしりと重そうな袖を振った。

「ほうれ、じゃらじゃら音がする。これがほんとの袖の下というやつよ。こんなに貰っちまったからにゃ、恰好をつけねえわけにもいくめえ。そこで、六兵衛親分にご登場いただいたってわけさ」

「あの、ひとつお訊きしても」

「おう、何だ」

「伊勢屋の旦那ってのは、紋十のことですよね」

「そうだよ。紋十は札差仲間の肝煎、蔵前でいっち羽振りの良い商人だぜ」

「昨晩、蔵荒らしに遭ったと聞きやしたが」

「遭ったらしいな。それがどうかしたかい」

「盗人一味は放《ほう》っておいてもよろしいので」

「おやおや」

平内はにゅっと首を伸ばし、横から顔を覗きこんでくる。

「めずらしいな、やる気をみせてんじゃねえか」

「いや、そういうわけじゃ」

六兵衛は顔を背け、広めに剃《そ》った月代《さかやき》をぽりぽり掻《か》いた。

平内は大物ぶって胸を反らし、眸子を細める。

「盗まれたのは包封《つつみふう》をしたままの小判二百枚、正徳《しょうとく》四年（一七一四）に鋳造された密通小判だとよ」

「密通小判」

「知らねえのかい」

今から九十年前の正徳四年、新井白石《あらいはくせき》の建議で鋳造された質の高い小判のことだ。この年の正月、大奥の大年寄である絵島《えじま》が役者生島新五郎《いくしましんごろう》との密通を咎められ、信州《しんしゅう》高遠藩《たかとお》へ流罪となった。右の出来事に因《ちな》んで「密通小判」と俗称されるようになり、枚数も少ないことから好事家《こうずか》のあいだでは珍重されているという。

「何であろうと小判は小判さ。二百両ぽっち、伊勢屋にしてみりゃ鼻糞《はなくそ》みてえなもんだろう」

「盗人一味ってのは例の」

「近頃《ちかごろ》世間を騒がせておる白狐の連中らしい。大黒柱に稲荷の護符《ごふ》が貼《は》ってあったというからな」

護符には「驕《おご》れる者久しからず」と墨書きされてあった。

「ふん、盗人のくせに粋がってやがる。ま、白狐の一味を捜すのは、ほかの連中に任せときゃいい。六よ、おめえは若旦那をふんづかめえてこい」

「合点で」

颯爽《さっそう》と袖をひるがえし、出口に向かう。

「おっと、どこへ行く」

平内に呼びとめられ、六兵衛は首を捻《ひね》った。

「さあて、どこへめえりやしょう」

「抜け作だなあ、おめえは」

「そいつはどうも」

「褒《ほ》めてんじゃねえ。いいか、行き先は深川《ふかがわ》だ。門前仲町《もんぜんなかちょう》に大吉《だいきち》って茶屋がある。紋太郎が馴染《なじ》みにしてる茶屋でな、昼の日中から芸者をあげて遊び呆《ほう》けているらしい」

「大吉でやんすね。んじゃ、さっそく、しょっ引いてめえりやす」

「頼んだぞ。暮れ六つ（午後六時）までにゃ連れてこい」

「承知しやした」

背中を向けると、またもや、待ての声が掛かった。

「聞いたぜ。おめえ、損料屋に婿入りするんだってなあ」

「え、どこでそいつを」

「おれはこうみえても、早耳なんだぜ。相手は小町娘だっていうじゃねえか」

「どうも、そのようで」

「隅に置けねえ野郎だな。こっちは三十路《みそじ》を過ぎても独り身だってのによ」

「浦島さま、よろしけりゃこの話、お譲りしやしょうか」

「おほっ、そうかい、すまねえなって、おめえ、そういうわけにゃいくめえが。まあいいや、今から祝言が楽しみだ」

「祝言に来られやすか、やっぱし」

「何だそりゃ、呼ばねえつもりか」

「いいえ、是非とも主賓でお越し願いてえもんで」

「おっとそうなりゃ、たっぷりご祝儀を包まにゃな」

平内はにんまりしながら、袖をじゃらじゃらさせる。

「六よ、婿になるめえに手柄をあげてきな」

「行ってめえりやす。勘八、従《つ》いてきやがれ」

「へえ」

すかした屁《へ》を嗅《か》いだような面で、勘八は生返事をする。

気負って向かう話でもないが、六兵衛は平内の期待に応《こた》えたいとおもった。

三

花散らしの風巻《しまき》が吹いている。

門前仲町は一ノ鳥居《いちのとりい》のそばに『大吉』はあった。

建物は楼閣風の三階屋で、深川でも群を抜いて格が高い。

料理も芸者も一流どころ、札差の御曹司《おんぞうし》でもなければ通うことはできまい。

「兄ぃ、こんな茶屋で金糞《かなぐそ》を垂れる野郎の面が拝みてえもんですね」

「そうかい。おれは拝みたかねえな。どうせ、顎《あご》のしゃくれたひょっとこ野郎だろうぜ」

「ほう、金糞を垂れる野郎はみんな、ひょっとこなんですかい」

「んなわきゃねえだろ、莫迦野郎」

「へへ、めえったな、ぐずろ兵衛に叱られちまった」

「四の五のぬかしてねえで、なかの様子を窺《うかが》ってきな」

「合点で」

勘八が勝手口に消えたのを見送り、表の見世先をうろついていると、強面《こわもて》の下足番に声を掛けられた。

「おめえ、この茶屋に何か用か」

「ちょいとね」

「ちょいと何だ」

「大吉って屋号にあやかりてえと」

「素見《ひやかし》なら、あっちへ行きな」

下足番は竹箒《たけぼうき》を手に取り、しっ、しっとやる。

「待ってくれ、おいらは犬っころじゃねえぞ」

「なら、何だってんだ」

「こういうもんさ」

素十手を抜いてみせると、下足番は態度をころりと変えた。

「なあんだ、親分さんですかい。それならそうと言ってくれなきゃ。あっしは大吉の下足番で、忠治《ちゆうじ》と申しやす」

「忠治さんとやら、伊勢屋の若旦那はおいでかい」

「伊勢屋さんなら、掃いてすてるほどおられやすけど、どちらの伊勢屋さんで」

「蔵前の札差だよ。肝煎の御曹司さ」

「ははん、紋太郎さまだな。それなら、ちょくちょく顔を出されやすがね、ここ二、三日は見掛けておりやせんよ」

「弱ったな、あてがなくなった」

「親分さん、じつはね、あっしはこうみえても、札差の御曹司だったんですよ」

「ほう、おめえさんが」

適当に食いついてやると、下足番の親爺はたいそう喜び、若い時分の放蕩三昧《ざんまい》やら転落した経緯《いきさつ》やらを切々と語った。

「『幇間揚《たいこもち》げての末の幇間』って川柳《せんりゅう》もありやすがね、あっしも幇間《ほうかん》をちょいとやってから下足番まで堕《お》ちやした。紋太郎さまの成れの果てが、このあっしだってことでやんす。人は地道に生きなきゃならねえ。太く短く生きようとすりゃ、あとでツケがまわってくる。へへ、これがあっしの言える、たったひとつの教訓でさあ。親分さんにも、胸に刻んでおいてもらいてえ」

六兵衛が鼻白《はなじろ》んでいるにもかかわらず、忠治は感極まって涙ぐむ。

「どうしたい、何も泣くこたあねえだろ」

「親分さん、耳汚しになったんじゃありやせんか」

「いいや、いい話を聞かせてもらったよ」

「まことで」

「ああ、まことさ」

「じつを言えば、ここまで熱心に聞いてくれたおひとは、後にも先にもおりやせんでね。お礼にと言っちゃ何だが、いいことを教えてさしあげやしょう」

「ほう、何だろうな」

「伊勢屋の若旦那が入れあげている芸妓《げいぎ》、権兵衛名《ごんべえな》をそめ奴《やっこ》と申しやしてね、一色町《いっしきちょう》の花柳《はなやぎ》っていう置屋の子どもでやすよ」

本名はおそめ、のど自慢で三味線《しゃみせん》上手、そのうえ、もっちりした可愛い娘なので、若旦那が惚れるのも無理はないと、忠治は溜息《ためいき》を吐《つ》く。

「どっこい、このそめ奴、とんでもねえ食わせ者でしてね、兄貴と称するごろつきと引っついていやがる。男の名は巳吉《みきち》、どう眺めてもふたりは兄妹《きょうだい》なんかじゃねえ。腐れ縁で繋がった男と女だ。ひょっとして、若旦那がおこわに掛けられるんじゃねえかと、以前から気を揉《も》んでおりやしてね」

「つつもたせかい」

「さようで。巳吉のやつをしょっ引いてくだせえ。そうすりゃ、親分のお手柄だ。若旦那だって助かる。そめ奴の素姓を知りゃ、ちったあ目も醒《さ》めるでしょうよ。へへ、こいつは親心でさあ。若旦那を、あっしの二の舞にゃさせたかねえ」

忠治の心情はどうでもよい。紋太郎の消息だけが知りたかった。

「花柳の女将《おかみ》に訊いてみたらいかがです。閻魔《えんま》堂《どう》橋のすぐそばだから、行ってみりゃわかりやすよ」

「ありがとさん」

踵を返すと、袖をつかまれた。

「親分、ちょいとお待ちを」

「何だい」

「花柳の女将はおたきっていう四十年増《どしま》でしてね、むかしは可愛い芸者だったが、今じゃ鯨《くじら》みてえに肥えちまった。山鯨《やまくじら》（猪肉《いのしし》）は平川町《ひらかわちよう》に行かなきゃ食えねえが、深川にも食えねえ鯨はいる。うへへ、おもしろくもねえ洒落《しやれ》を言っちまったな」

「女将と知りあいなのかい」

「へへ、親しくしておりやした。おたきって名のとおり、むかしは情の深《ふけ》え女だった。滝のように情を降らせるんでさあ。あっしもそいつを浴びたんだが、いつしか鬱陶《うつとう》しくなっちまったんですよ。あんときゃ、あっしも若かった。おたきと切れてからは、坂道を転がるようにね。へへ、ツキを逃すたあ、こういうことを言うんだな、きっと。

親分、聞いてますかい」

「ああ、聞いているともさ」

六兵衛は立ったまま、とろとろ眠っていた。

四

下足番のもとを何とか逃れ、一ノ鳥居の手前から北に向かった。

一色町は目と鼻のさき、狭い堀川に渡された木橋が閻魔堂橋だ。

勘八を置きわすれてきたが、まあいい。

八つ刻《どき》(午後二時)も近いせいか、小腹が空《す》いてきた。

「……ちちとんとん、梅にしたがい桜になびく、その日その日の風次第」

流行《はやり》の都々逸《どどいつ》を口ずさみ、色香のただよう界隈《かいわい》を歩いてゆく。

桃色暖簾《のれん》の下がった置屋は、すぐにわかった。

ひょいと暖簾を振りわけ、気儘《きまま》な顔で敷居をまたぐ。

朱羅宇《しゅらう》の煙管《きせる》をくわえた女将が、ぎろっと睨みつけてきた。

鯨か。

なるほど、下足番の忠治が言ったとおりだ。

長火鉢の向こうに座っているのは、算盤《そろばん》勘定に長《た》けた底意地の悪そうな女だった。

「入口をふさぐんじゃないよ、この唐変木《とうへんぼく》」

「おっと、すまねえ」

「箱屋さんかい、そうはみえないけど」

「御用聞きさ、六兵衛ってもんだ」

「このあたりじゃ、拝見しないお顔だね」

「浅草から来たのさ。伊勢屋の紋太郎を捜しにな」

若旦那の名を出すと、女将はぎくっとした。

「おや、女将、何か知ってんのかい」

「いいえ、別に」

「ふつうならここで、隠し事はしねえほうがいいって凄《すご》むんだぜ。だけど、やめとこう。隠してえんなら、それでもいいさ。無理に訊いても仕方のねえことだ。ほんじゃ、お邪魔さま」

去りかけると、背中に声が掛かった。

「お待ちよ」

「ん、何か用かい」

「あっさり帰られたんじゃ、気色が悪いじゃないか。わざわざ、浅草からおいでなすったんだろう。お茶の一杯も呑んでおいきな」

「んじゃ、呼ばれていこうかな」

女将が手を叩《たた》くと、髪を銀杏返《いちょうがえ》しに結った十一、二の娘が顔を出し、一度引っこんですぐに茶を淹《い》れてきた。

六兵衛は上がり框《かまち》に片尻を引っかけ、ずずっと茶を啜《すす》る。

女将は紫煙で輪をつくりながら、こちらの様子を窺っていた。

「おまえさん、おいくつだい」

「二十五だよ」

「おや、ずいぶん老けてみえるねえ。あたしゃてっきり、不惑の手前かとおもったよ。何だか妙に落ちついてるじゃないか。もっと、ぎらぎらしたほうがいいんじゃないのかい」

「ぎらぎらって」

「ぎらぎらはぎらぎらだよ。若い者らしく、覇気を出しなってことさ」

「そいつは無理だな。もって生まれた性分を容易くは変えられねえ」

「ふん。ところでおまえさん、どこまでご存じなんだい」

「あんたの名はおたき、そめ奴の本名はおそめ」

「やっぱり、おそめのことも知ってるんだね」

「若旦那はおそめにぞっこんだった。ところが、おそめは事情《わけ》ありで、後ろ盾におっかねえ間夫《まぶ》が控えてる。そいつとつるんで、若旦那をおこわに掛けるかもしれねえ。そうなったら、花柳のおたきは顔に泥を塗られるって寸法だ」

おたきは顔色を変え、落ちつきを失いはじめた。

「ど、どうするつもりだい」

「さあて」

「あたしに縄を打とうって魂胆だね。大番屋の板間に繋いで、笞《むち》打ちにするのかい。それとも、算盤板に座らせて、膝《ひざ》に伊豆石《いずいし》を載っけるのかい。いいや、牢《ろう》屋敷の拷問蔵に閉じこめ、海老《えび》責めに掛けるか、宙吊《づ》りにでもする気なんだろう。ねえ、お願いだよ。そんな無体な仕打ちはやめとくれ」

どうやら、この女将、物事をどんどん悪いほうに考える癖があるらしい。

六兵衛は悠々と構え、優しげに応じてやった。

「若旦那に会えりゃ、それでいいのさ。おまえさんが何をしようと、関《かか》わる気はさらさらないね」

「ほんとうかい」

「ほんとうだとも」

「それなら、いっさいがっさい吐いちまうよ。おそめもあたしも、巳吉のやつに脅されてやったんだ。言うとおりにしなけりゃ、どうなっても知らねえぞと凄まれ、出刃包丁を振りまわすもんだから、仕方なしに手伝ったのさ」

「何をやらされた」

「勾引《かどわかし》だよ」

「え」

「あれ、勘づいていたんじゃないのかい。だいいち、若旦那は三日前から行方《ゆくえ》知れずなんだよ」

「三日前から」

「何を空《そら》とぼけているのさ」

三日前の真っ昼間、若旦那は下谷広小路でさらし首の真似事《まねごと》をしていた。

「どこがおもしろいんだか、莫迦だよ、まったく」

「おめえも、いっしょにいたのか」

「ええ、あたしもおそめもいましたよ」

その場で紋太郎を言いくるめ、早駕籠に乗せたのだという。

「あたしらの役目はそこまでさ。だけど、札差の御曹司をかっ攫《さら》うんだってことは察しておりましたよ。伊勢屋さんを強請《ゆす》る腹なんだろうってね、そこまでわかっておきながら、悪事に加担しちまったんだ。信じておくれ、金じゃない、命が惜しかった。でも……ああ、何てことをしでかしちまったんだろう。若旦那の身が案じられてならないよ」

妙な塩梅《あんばい》になってきた。

「親分さん、若旦那を救ってあげてくださいな」

「お、わかった」

六兵衛は茶椀《ちゃわん》を置き、逃げるように腰を浮かせかけた。

「親分、お待ちよ。駕籠の行き先を訊かないのかい」

「ん、そうだったな。言ってみな」

「王子《おうじ》の装束榎木《しょうぞくえのき》のそばに、朽ちた阿弥陀堂《あみだどう》がありましてね。たぶん、そこですよ」

「王子か、ずいぶん遠いなあ」

「たぶん、おそめもいっしょですよ。一昨日《おととい》の晩、巳吉がここにやってきましてね、あたしが誰かに秘密を漏らさないようにと、おそめを人質に奪《と》っていったんです」

「おめえ、ぺらぺら喋ってんじゃねえか」

「これが喋らずにいられますかってんだ」

「わかったよ、そう尖《とんが》るなって」

「親分さん、若旦那が助かったとして、あたしとおそめはどうなります。やっぱし、厳しいお咎めを受けるんでしょうね」

「まあ、ふつうなら打ち首獄門だな。若旦那のやった悪ふざけが、冗談じゃなくなるってわけさ」

「ひぇっ、どうしよう」

「でもまあ、正直に喋ってくれたことだし、悔いてもいるようだから、大目にみてやるよ」

「水に流していただけると」

「ああ。おいらは面倒なことが嫌《きれ》えでな、おかげで付けられたあだ名が、うにゃ桜さ」

「うにゃ桜」

「へへ、他人様にゃみせねえが、桜吹雪の彫り物を背負ってるんだぜ」

「それで、うにゃ桜と」

「いや、そういうわけじゃねえ」

おたきは、がくっと肩を落とす。

すぐさま顔をあげ、泣きべそをかいた。

「親分、嘘はなしですよ。ほんとうに水に流していただけるんですね」

「おう、だが、そのめえに、若旦那を奪いかえさねえとな」

「そこですよ」

「悪党は何人だい」

「巳吉ひとりです」

「駕籠かきは」

「金で雇われただけ。仲間じゃありませんよ」

「おそめはまだ、巳吉に惚れてんじゃねえのか」

「神仏に誓って、それはありませんよ。巳吉ってやつは根っからの女誑《たら》しで、女を騙《だま》すために生まれてきたような屑《くず》です。こんどの一件で、おそめもやっとそれに気づかされたんだ。悪い男にゃ二度と騙されないって、約束してくれたんですよ」

「信じるのかい。女ってのは、いつでも男に騙されてえとおもってんじゃねえのか」

「おそめが騙されたいと願っている相手は、若旦那なんですよ」

「攫っておいて、そりゃねえだろう」

「でも、おそめはそう言いましたよ。若旦那に身請証文を書いてもらう夢を、毎晩のようにみるんだって」

「身請証文か」

「ええ、日蔭者《ひかげ》の叶《かな》わぬ恋情《おもい》というやつでね。若旦那さえ態度をはっきりしといてくれたら、おそめもだいそれたことをしでかしゃしなかったんだ」

「って、おめえもいっしょにやったんだろうが」

「あたしなんざ、おまけですよ。大目にみてくださいな、お約束なさったでしょう」

「ああ、したな」

ともかく、若旦那とおそめは揃《そろ》って、阿弥陀堂に閉じこめられているにちがいない。

「女将、伊勢屋が蔵荒らしに遭ったってのは知ってるかい」

「いいえ」

「巳吉に蔵荒らしができるかな」

「できやしませんよ。蔵を破る才覚があるんなら、勾引なんぞやるわけありませんよ」

「それもそうだ。鋭いな、女将」

「誰だって、そのくらいは考えつきますよ」

「もっともだ」

「親分、どうなさるんです。さっそく、阿弥陀堂へ乗りこんでいただけるんでしょうね」

「今から王子に行ったら日が暮れちまう。大番屋に立ちよって、いったん、家へ帰《け》えるかな。飯を食わなきゃならねえし、旅支度も要《い》る」

「いったい、いつになったら出立《しゅったつ》なさるんです」

「明日の七つ（午前四時）発《だ》ちでどうかな。ちと早すぎるか」

おたきは横を向き、小さく悪態を吐いた。

「こいつは、とんだぐずろ兵衛だ」

六兵衛は聞いておらず、思案顔で王子までの道程をおもい浮かべていた。

五

黒船町の大番屋に戻ると、勘八が待っていた。

平内から「手柄をあげてこい」と尻を叩かれ、六兵衛はその足で中山道《なかせんどう》をたどるはめになった。

下谷、湯島《ゆしま》、本郷《ほんごう》、巣鴨《すがも》と、二里（約八キロメートル）強の道程を弓なりにすすんだ。板橋宿《いたばししゅく》にいたる手前で右手に折れ、岩屋弁天《いわやべんてん》へ通じる田圃《たんぼ》の一本道をたどってゆく。金剛寺《こんごうじ》の脇《わき》を抜け、音無《おとなし》川を渡ったころには、とっぷり日も暮れ、鬱蒼《うっそう》とした王子の杜《もり》が生き物のように迫ってきた。

毎年大晦日《おおみそか》になると、王子村の田圃《たんぼ》では狐火《きつねび》がみられるという。それも、十や二十の数ではない。無数の狐火が闇《やみ》を照らし、装束榎木のそばへ集まってくる。王子稲荷は関八州《かんはっしゅう》における稲荷社の総元締め、関八州から参詣《さんけい》に訪れた狐たちが榎木の根元で装束を改めるのだ。

なるほど、田圃のただなかには、榎木の巨木が聳《そび》えていた。

後背に見える朱の鳥居は、王子稲荷の入口であろう。

「何やら、物淋しいところだぜ」

勘八は隣で、肩を震わせた。

田圃の水は温《ぬる》み、蛙《かえる》も合唱しはじめたというのに、陽《ひ》が落ちるとまだ肌寒い。ひんやりした空気とともに、背筋をぞくぞくさせるような妖気が漂《ただよ》っている。

これも狐の仕業かと、六兵衛はおもった。

「勘八、阿弥陀堂をさがせ」

「へい」

龕灯《がんとう》の光に導かれ、ふたりは田圃を横切った。

笹藪《ささやぶ》のなかへ分けいり、臑《すね》を傷つけながらすすむ。

今宵《こよい》は更待《ふけま》ちなので、月の出は遅い。

龕灯のかぼそい光だけが頼りだ。

「兄ぃ、あれを」

勘八が立ちどまり、腰を屈《かが》めた。

朽ちかけた小さな御堂が数間さきにある。

「阿弥陀堂にちげえねえ。勘八、灯を消せ」

「へい」

真っ暗闇になった。

阿弥陀堂からも、灯《あか》りは漏れていない。

「人の気配がしやせんぜ。若旦那のやつ、冷たくなっているんじゃ」

「嫌なことを言うな」

「じゃ、行きやしょうか」

「おめえが先に行け」

「え、あっしが」

「あたりめえだろ」

「けっ、とんだ肝試しだぜ」

勘八は、漆黒の闇を手探りですすむ。

その片袖を、六兵衛は後ろからつかんだ。

階《きざはし》を五段ほどあがる。

「兄ぃ、観音扉ですぜ」

「開けてみろ」

「恐《こえ》えな」

ぎっと、ひとりでに扉が開いた。

「ひゃっ」

勘八が廊下《ほそどの》から転げおちる。

六兵衛は、むっとした臭気に顔をしかめた。

拷問蔵で嗅《か》いだことのある臭《にお》いだ。

鼻と口を袖で覆い、暗がりへ踏みこむ。

勘八が戻り、後ろからつづいた。

「何もみえねえ。兄ぃ、灯りを点《つ》けやしょう」

「よし」

ぐにゅっと、何かを踏んだ。

「うえっ」

「ど、どうしやした」

灯りが点いた瞬間、六兵衛は悲鳴をあげた。

草鞋《わらじ》の下で、鼠《ねずみ》の死骸《しがい》を踏んづけている。

「のひぇえぇ」

勘八もつられて悲鳴をあげ、龕灯を抛《ほう》りなげた。

光が床を転がり、御本尊を顎《あご》の下から照らしだす。

来迎印を結ぶ阿弥陀如来は、厳しい顔で闖入者《ちんにゅうしゃ》を睨んでいる。

抜き足差し足で元の場所に舞いもどり、六兵衛は龕灯を拾いあげた。

堂内の隅々まで照らしても、人のすがたはない。

「兄ぃ、おりやせんぜ。早く帰《け》えりやしょう」

「待て」

龕灯の光が御本尊の裏手を照らしだした。

「あそこに何か置いてあるぞ」

「げっ、早桶だ」

「覗いてみろ」

「嫌ですよ」

埒《らち》があかないので、六兵衛は恐る恐る近づいた。

龕灯で舐《な》めまわすように照らし、桶の脇をとんとん敲《たた》く。

耳を当てると、息遣いのようなものが微《かす》かに聞こえてきた。

「こんなかだ、蓋《ふた》がしてあるぞ」

「釘《くぎ》が打ってありやすぜ」

「抜けるかい」

「無理、無理」

「よし、おれに任せろ」

六兵衛は早桶を引きたおし、廊下まで転がしてゆく。

さらには腰を落とし、気合いを入れて担ぎあげる。

「ぬおっ」

「すげえ、火事場の馬鹿力だ」

勘八が後ろで手を叩いた。

硬い地面をめがけ、やっとばかりに投げおとす。

叩きつけられた弾みで桶はひしゃげ、箍《たが》が弛《ゆる》んだ。

勘八はすかさず匕首《あいくち》を抜き、箍を切断する。

桶はばらばらになり、半裸の男女が転げでてきた。

「兄ぃ、若旦那とそめ奴ですぜ」

「生きてっか」

「へい、息はありやす」

ふたりは猿轡《さるぐつわ》をかませられ、抱きあう恰好で縛られていた。

たがいに体温を与えあいながら、寒さに耐えてきたのだ。

六兵衛は着物を脱ぎ、女のほうに覆いかぶせてやった。

「よし、火を焚《た》こう」

早桶の木片を組んで壇を築き、小枝を掻きあつめて火をつける。

勢いよく燃える炎のそばで、冷えきった男女のからだをさすってやった。

しばらくすると、ふたりの肌に生気がもどり、男のほうは意識を取りもどした。

女はぐったりしたままだが、命に別状はなさそうだ。

男はがたがた震えながら、女のからだに縋《すが》りついた。

「おそめ……で、でえじょぶか……し、死ぬんじゃねえぞ」

「心配《しんぺ》えいらねえよ」

脇から声を掛けると、男は口をほの字にして固まった。

「驚いたかい。でも、安心してくれ。おめえさんを助けに来てやった」

「ほ、ほんとうですか」

「ああ。それにしても、小汚ねえな。おめえさん、ほんとに伊勢屋の若旦那かい」

「はい。紋太郎でございます」

月代と髭《ひげ》のうっすら伸びたうらなり顔が、泣きべそを掻きながら頷《うなず》いた。

「おいらは浅草の岡っ引きで、六兵衛ってもんだ。伊勢屋の旦那に頼まれてな、こうして出張《でば》ったってわけさ」

「あ、ありがとう存じます」

「巳吉はどうした」

「明け方に戻ってきて、わたしとおそめを早桶に詰め、それっきり」

「ほったらかしか、ひでえ話だな。巳吉は、何か言ってたかい」

「はい。伊勢屋の身代がかたむくまで搾りとってやると、しつこいほど繰りかえしておりました」

「巳吉のほかに、誰か仲間は」

「みておりません」

「そうかい。おそめも知らねえんだな」

「はい」

「おそめは自分のことを喋ったか」

「喋りました、何から何まで。わたしを騙したことも、腐れ縁の巳吉に裏切られたことで真実《まこと》の恋情《おもい》に気づいたってことも」

「真実の恋情って、何だ」

「きまっているじゃありませんか。あたしに惚れているってことですよ」

六兵衛は、渋い顔で鬢《びん》を掻いた。

「どうやら、まだ懲りてねえらしい」

「親分さん、どういうことです」

「真実だの恋だのとぬかしているようじゃ、幇間の末の幇間の、そのまた下の下足番になっちまうってことさ。茶屋遊びにうつつを抜かす暇があるんなら、算盤のひとつも弾《はじ》いてみなってんだ」

自分でも驚くような啖呵が口から飛びだしたので、六兵衛は有頂天になった。

「親分、おことばですが、他人にとやかく言われる筋合いはありません」

「おいおい、助けられたくせして、ずいぶん強気じゃねえか」

「親分は、伊勢屋紋十に頼まれてやってきた。そう、仰いましたね。どうも、それが気に食わないんだ」

「おや、こんどは居直りか。父親が放蕩息子の身を案じているんだぜ。そいつを気に食わねえとは何だ。え、いってえ、どういう了見だ」

「紋十は金の亡者です。息子のことなんざ、これっぽっちも案じちゃいない。どうせ外聞《げえぶん》がわるいから、助けを寄こしたんだ。そうにきまってる」

「おめえ、おとっつあんが嫌《きれ》えなのか」

「嫌いだね」

「おとっつあんを困らせるために、悪ふざけを重ねてきたのかい」

「そうさ。あんなやつは、肥溜《こえだ》めにでもはまっちまえばいいんだ」

「あんだと、こら」

六兵衛はめずらしく感情をあらわにし、拳《こぶし》を固めて立ちあがった。

と、それよりもひと呼吸早く、勘八が紋太郎のそばに身を寄せる。

ぴしゃっと、小気味良い音が響いた。

「って、何でおめえが横びんたを張るんだよ。勘八、ここはおれの出番だろうが」

「へへ、兄ぃ、うっかりしちまった」

へらへら笑う勘八の隣で、紋太郎が肩を震わせている。

泣いているのだ。

「いってえ、どうしたい」

「は、はい……こ、こんなふうに、他人様から本気で叩かれたことがありません」

「それで」

「叩かれて気づいたんです。他人様に迷惑を掛けちゃいけない。改心しなくちゃならないって」

「うへへ、そいつはよかった」

と、勘八が満足げに紋太郎の肩を叩く。

六兵衛は、渋柿《しぶがき》を食ったような面をした。

見得《みえ》を切りわすれた役者のような気分だ。

「ま、いっか」

溜息を吐《つ》き、おそめを見やると、目に涙を溜めている。

そろそろ、退《ひ》け刻《どき》だ。

「勘八、火を消せ」

「かしこまり」

六兵衛は、ふっと尻をもちあげた。

と、そこへ。

笹を踏む跫音《あしおと》とともに、殺気が近づいてきた。

六

破鐘《われがね》のような声が響いた。

「待てい」

暗がりから、ふたりの男が顔を差しだす。

ひょろ長い優男《やさおとこ》のほうは、巳吉であろう。

大声をあげたのは、五十絡みの月代侍だ。

厳《いか》つい肩をそびやかせ、大股《おおまた》で近づいてくる。

どうやら、紋太郎もおそめも知らぬ人物らしい。

ふたりは手と手を取りあい、ぶるぶる震えている。

月代侍は足を止め、大刀の鯉口《こいぐち》を切った。

金壺《かなつぼ》眸子で、丹唇《くちびる》の薄い男だ。

背後に控える巳吉が吼《ほ》えた。

「さては、花柳の女将が居場所を吐いたな。てめえ、どこの岡っ引きだ」

「浅草だよ」

「どうりで、みたことのねえ面だぜ。木島《きじま》さま、こうなりゃ殺《や》るっきゃねえ。十手持ちだろうが何だろうが、ためらうことはありやせんぜ」

「おぬしごときに言われずとも、わかっておるわ。面をみられた以上、生かしておくわけにはいかぬ。ただし、そやつも上の命で動いておるのであろう。どこまで事情を知っておるのか、糺《ただ》しておかねばな。さあ、喋ってみろ」

「ばっさり殺られるんなら、喋り損だな」

六兵衛は平然とした態度を装った。

「やっぱし、裏がありやがった。巳吉みてえな小悪党に描《か》ける絵じゃねえものな。ふへ、ふへへへ」

　恐いのに、なぜか、笑いが込みあげてくる。

　金壺眸子の月代侍が、刀の柄《つか》に手を添えた。

「こやつ、何が可笑《おか》しい」

「これが笑わずにいられるかってんだ。そっちの考えが手に取るようにわかるぜ」

でたらめだ。往生際でじたばたしているだけの話だ。

　それでも、喋っているうちに不思議と肚《はら》が据わってきた。

　外見も落ちつきはらっており、太々《ふてぶて》しい感じさえ与える。

　鈍いだけなのか、それとも、生まれつき性根が据わっているのか。

　どっちにしろ、六兵衛は修羅場《しゅらば》に立たされても動じぬ男のようだ。

「浦島さまが仰ったとおりだな」

「浦島、誰だそれは」

「おや、知らねえのかい。北町奉行所きっての切れ者同心を知らねえとは、おめえさん、もぐりだね」

「小癪《こしゃく》な、その浦島が何と言ったのだ」

「黒幕の正体を当てなすったのさ」

「ん、なぜわかった。波多野《はたの》さまのことを、どうやって嗅ぎつけたのだ」

はたの、はたのと、胸の裡《うち》で繰りかえす。

ことばを探しあぐねていると、紋太郎が隣で素っ頓狂な声を張りあげた。

「わかったぞ。はたのと聞いて、合点できた。黒幕はお旗本の波多野左近《さこん》さまにちがいない。おとっつあんが嘆いていた。貸した金を、いっこうに返してくれないと」

波多野は家禄《かろく》二千石の旗本、さきごろまで百人組ノ頭《かしら》に任じられていた。

伊勢屋の貸金は利息もふくめれば、五千両にのぼる。それでも、行く末は町奉行を拝命するほどの出世頭と目されていたので、伊勢屋は催促無しで惜しみなく金を貸しつづけてきた。

ところが、波多野は重臣たちも同席した酒席で酔ったすえに失態を演じ、さきごろ、小普請《こぶしん》入りを仰せつかった。

「出世の目がなくなった途端、おとっつあんはころりと態度を変えた」

「若僧の言うとおりだ」

憎々しげに言いはなつのは、月代侍である。

「伊勢屋はわが殿に借金を返せと迫り、無い袖は振れぬと断ると、ご老中に掛けあうがよいかと、商人の分際で脅しを掛けた」

「そういえば、おとっつあんが番頭と話しているのを聞いたぞ。金を返す秘策があるから少し待ってくれと、そんなふうに波多野さまから告げられたとか。ひょっとすると、秘策ってのは」

「そうだよ、若旦那」

こんどは、巳吉がことばを引きとった。

「おめえさんをかっ攫い、借金を棒引きにさせる。そいつが、お殿様の描いた秘策なのさ」

おもいがけず、からくりの大筋がわかった。

木島という侍は、話しぶりから推すと、波多野家の用人《ようにん》であろう。

しかし、合点できたところで、事態が好転したわけではない。

むしろ、斬《き》られる公算は大きくなった。

どうにか、助かる方法はないものか。

すると、勘八が声をひっくり返した。

「兄ぃ、ここは度胸のみせどころだぜい。悪党どもに例の桜吹雪をみせてやったらどうなんだい。そうすりゃ、やつらも考えなおすかもしれねえ。桜吹雪の十手持ちを斬ったら罰《ばち》が当たるってな」

よくわからぬが、勘八の必死さに胸を打たれた。

「よっしゃ、みせてやろうじゃねえか」

六兵衛は後先も考えずに諸肌《もろはだ》を脱ぎ、みなのまえに背中をさらす。

「どうでえ」

「げっ……ふ、吹雪《ふぶ》いてねえ」

と、勘八が声を震わせた。

六兵衛の桜は中途半端な半彫り、色も無ければ吹雪いてもいない。

うっかり、そのことを忘れていた。

「おめえ、莫迦じゃねえのか」

巳吉は呆《あき》れ顔で嘲《あざけ》り、木島はぺっと唾を吐く。

勘八も紋太郎も、むっつり押し黙ったままだ。

おそめは、あきらめたように項垂《うなだ》れている。

「へへ、うっかりしちまった」

六兵衛は照れながら、着物を着直した。

突如、おそめがみた夢のことをおもいだす。

――若旦那に身請証文を書いてもらう夢を、毎晩のようにみるんだって。

花柳の女将に教えてもらったことだ。

ぽっと、良い考えが閃《ひらめ》いた。

ここは賭《か》けに出るしかない。

「木島の旦那」

六兵衛は、対峙《たいじ》する相手を気易《きやす》く呼んだ。

「何だ」

「ここはひとつ、冷静になっていただきてえ。どう考えても、そちらさんの旗色はわるいですぜ。浦島さまは勘の鋭いお方だ。この一件の大筋は、もう描けておりやしょう」

目付《めつけ》筋に伺いをたて、波多野邸へ踏みこむことだってできる。子飼いの自分が帰らぬとなれば、まずまちがいなく踏みこむにちがいないと、六兵衛はもっともらしく告げてやる。

「そうなりゃ、木島さまはどうなりやす。路頭に迷っちまいやすよ。へへ、よろしかったら、あっしがそうならねえお知恵をご伝授いたしやしょう」

木島はごくっと、のどぼとけを上下させた。

訊きたいらしい。

「かしこまりやした。申しあげやす。あっしらの命をお助けいただき、巳吉だけ引きわたしておくんなさい。そうしたら、波多野さまはこの一件に何ひとつ関わってねえことにいたしやす」

「あんだと」

「もちろん、伊勢屋の借金もちゃらってことで」

「そんなことが、できるのか」

「できるんでやすよ、これが」

「言うてみろ」

「へい」

六兵衛は懐中から矢立と紙を取りだし、紋太郎に手渡した。

「さて、今ここで、若旦那が身請証文を一枚お書きしやす。若旦那、よろしいですかい、あっしの申しあげるとおりにお書きくだせえやし」

「わ、わかりました」

「では、めえりやす。わたくしこと伊勢屋紋太郎は、ええ、深川の置屋花柳預かりの子ども、そめ奴ことおそめを、ええ、金五千三百両にて身請けいたさんと欲し、ここにお願いたてまつる次第にござりますと、まあ、こんな感じでいかがでやしょう」

紋太郎の筆が止まった。おそめは隣で、顔色を変えている。

ふたりの気持ちなど、この際、どうでもよかった。

なにせ、命が懸かっている。

「若旦那、さらっと済ませてくだせえよ。おめえさんがそいつを書かなきゃ、みんな、ばっさり殺られちまうんだ」

ふたたび、紋太郎は筆を動かしはじめた。

六兵衛は胸を撫《な》でおろし、木島に向きなおる。

「旦那、仰りてえことはわかりやすよ。いくらなんでも、身請代の五千三百両は高すぎるだろう。でえち、世間が納得しねえ。こいつは、すぐさま噂《うわさ》になる。わかっておりやす。身請金に見合うだけの箔《はく》を付けなきゃならねえ。そこでだ、おそめを波多野家の養女にしてやってくださいな。なあに、花押入りの紙を、お殿様に一枚ぺろっと書いてもらえりゃそれでいい。大身《たいしん》のお旗本と縁続きになる娘なら、身請金も鰻登り《うなぎのぼ》にあがるってなもんで、へへ」

木島は思案顔で尋ねる。

「企図するところはわかった。五千三百両のうち、借財に上乗せしたぶんの三百両が実際の身請代というわけだな」

「どんぶり勘定でやすがね」

「なれど、理屈を言えば、置屋は残り五千両に見合うだけの何かを得なければなるまい」

「そういうこってす。波多野家から五千両で何かを買ったことにすりゃいい」

「何を」

「茶壺《ちゃつぼ》でも軸でも、道具屋でそれらしくみえる贋作《がんさく》を買って、適当に送ってやりゃいいんですよ」

安物の茶壺ひとつで、伊勢屋からの借財はちゃらになる。

嘘のようなはなしを、身請証文一枚できっちり保証させるというのだ。

「旦那、ここにおられるのは痩《や》せても枯れても、札差仲間肝煎の御曹司、直筆の証文となりゃ、伊勢屋紋十も首を縦に振らねえわけにゃいかねえ」

木島は黙った。

巳吉はじっと息をひそめている。

「へへ、旦那、おわかりになりやせんか。勾引は成功したってことでやすよ。海千山千の狸爺《たぬきじじい》と丁々発止やらずとも、借金はちゃらにできるんだ。ただし、後ろにいる小悪党だけは余っちまう。巳吉に縄を打たせてもらえりゃ、あとはこっちでうまくやっときやすよ」

命懸けになると、妙なことを考えつくものだ。

豪胆にもなれるし、面白いように舌もまわる。

六兵衛は紋太郎から証文を引ったくり、木島の鼻先へ歩をすすめた。

足は空回りしているように感じたが、肚のほうは据わっている。

「旦那、どうしやす」

木島は、ぐっと腰を落とした。

「お上の犬め、わしを謀《たばか》る気だな」

「そんなつもりはありやせんぜ」

「黙れ、覚悟せい」

逃げる暇もない。

目にも留まらぬ捷《はや》さで、木島は刀を抜いた。

「ひぇっ」

悲鳴をあげたのは、六兵衛ではない。

木島は振りむきざま、巳吉の首を飛ばした。

しゃっと血が撒《ま》かれ、首無し胴が仰向けに倒れる。

木島は血振りを済ませ、見事な手捌《てさば》きで刀を鞘《さや》に納めた。

そして、石地蔵と化した六兵衛の手から、証文を抜きとった。

「こいつは貰ってゆこう。ただし、土産《みやげ》は渡すまい。若僧、侍を舐《な》めるなよ」

木島は袖をひるがえし、闇の向こうに消えてゆく。

毛穴がひらき、冷や汗がどっと溢《あふ》れだした。

「兄ぃ、やったぜ、やった」

とんちきが、後ろで小躍りしながら喜んでいる。

紋太郎とおそめは、泣きながら抱きあっていた。

身請証文によって、ふたりの絆《きずな》はより堅固なものになったのだ。

「瓢簞《ひょうたん》から駒《こま》ってやつか」

亥中《いなか》（午後十時）の月が、地べたに転がった巳吉の首を照らしだす。

口をへの字に曲げた口惜《くちお》しげな面だ。

「小悪党め、おめえに恨まれる筋合いはねえぞ」

六兵衛はもういちど、木島の去った闇をみつめた。

「触らぬ神に祟《たた》りなしだな、こりゃ」

夜も更けた。

一刻も早く、家に帰ろう。

六兵衛は、のどの渇きをおぼえた。

七

刃を向けられて小知恵をひねり、何とか窮地を脱したものの、物事はすんなりいかないようにできている。

三日後の朝、浦島平内の使いがやってきた。

とりあえず、蔵前の伊勢屋へ来いという。

主の紋十に呼ばれたのだ。

感謝されるのか、それとも、叱られるのか。「とりあえず」という言いまわしは微妙で、どちらとも受けとれた。

伊勢屋の蔵宿は、蔵前大路でもっとも賑やかな森田町《もりたちよう》にあった。

道を挟んで正面は御蔵米《おくらまい》の中ノ門、門を潜れば櫛《くし》の歯状に並ぶ埠頭《ふとう》群を背景にして、米蔵が軒を連ねている。

札差の肝煎だけあって、伊勢屋の門構えは威風堂々としており、訪れた者はみな気後れしてしまうほどだった。

「よう、六、こっちだ」

表口の端で、人の良さそうな小銀杏髷《こいちょうまげ》がひょいと手をあげた。

平内である。

格子縞《こうしじま》の中着に黒い巻羽織を纏《まと》い、裏白の紺足袋《こんたび》を雪駄《せった》の鼻緒に引っかけている。

いつもと変わらぬ扮装《いでたち》だが、鬢《びん》がてらてら光っていた。

そばに近づくと、鬢つけ油が強烈に臭う。

「女に逢《あ》うわけじゃねえが、ちったあめかしこまねえとな。臭《くせ》えか」

「いいえ、それほどでも」

「じつは、昨日も呼ばれたのさ。紋十はかんかんでな、頭のてっぺんから湯気を出していやがった。無理もねえ、おめえが浅知恵をはたらかしたせいで、五千両もの借金がちゃらになっちまうかもしれねえんだ」

「でも、若旦那の命は救いやしたよ」

「まちっと、ほかにやりようがあったんじゃねえのか。たとえば、十手を抜いて立ちまわってみせるとか。命を張ってもよかっただろうと、伊勢屋のやつは言いやがる。何だか知らねえが、このおれがこっぴどく叱られちまったぜ」

「そいつはどうも。御迷惑をお掛けしやした」

「なあに、迷惑なんぞ掛かってねえさ。たまにゃ下の者の盾になるのも、気持ちの良いもんだぜ、うへへ」

「あの、今日はまた何であっしが」

「呼ばれたのかって、そんなこと知るかい。おおかた、おれを叱りつけるだけじゃ気が済まねえんだろうよ」

平内は敷居をまたぎ、手代に来意を伝えた。

ふたりは雪駄を脱ぎ、長い廊下を渡ってゆく。

案内された奥座敷に主はおらず、しばらく待つように告げられた。

「殿さまの御成《おなり》を待つみてえだな」

平内は苦笑しながら、下座に腰を降ろす。

大金持ちの札差とはいえ、たかが商人、お上から十手を預かる役人がここまでへりくだる必要もあるまい。ふつうなら、待たされるだけでも腹を立てるところだが、矜持《きょうじ》とか沽券《こけん》といったものを持ちあわせぬふたりには、怒りの感情はわいてこないようだった。

むしろ、紋十のほうが体面だの格式だのにこだわっている。

それが証拠に、こうして呼びつけた相手を待たせ、焦《じ》らしておくことで、みずからを一段上にみせようとしていた。

人の心なんぞ、金の力でどうにでもなる。不浄役人だろうが、城持ち大名だろうが、意のままに操ることができる、とでも思っているのだろう。

襖《ふすま》がたんと開き、伊勢屋紋十があらわれた。

頭に描いたとおり、でっぷりと肥えた大狸だ。

平内を差しおき、上座にでんと腰を降ろす。

「ごくろうさま」

横柄に口走った。

さすが、老中をも手玉に取るという大商人、貫禄《かんろく》がちがう。

六兵衛は平内に倣い、畳に両手をついてお辞儀した。

ちょいと卑屈すぎやしねえかと、内心で首を捻る。

「岡っ引きの六兵衛を連れてまいった」

と、平内が発した。

「ふむ、六兵衛さんとやら、おまえさん、おいくつだね」

「二十五になりやした」

「所帯は」

「独り者で」

「ご実家は浅草で海苔屋をやっておられるとか」

「さいですが」

伊勢屋は態度をころりと変え、高飛車な口を利いた。

「ふん、海苔屋の岡っ引き風情《ふぜい》が、ずいぶん舐めたまねをしくさったものだ。五千両あれば、おまえさんの実家が何軒買えるとおもうね」

「さあ」

「さあじゃないよ。そこに座った上役同様、亀みたいな面をしやがって。不浄役人てえのはどうしてこうも、腑《ふ》抜《ぬ》けばかり揃っているのかねえ。浦島さん、そういえば、蔵荒らしの下手人はどうなったね、白狐とかいう」

「さあて。そっちの掛かりじゃないもので」

「掛かりもへったくれもないだろう。いまだに、下手人のげの字もつかめておらぬというじゃないか」

「盗まれたのは、たったの二百両だろう」

「たったとはどういう意味だね。商人にとっては鐚銭《びたせん》一枚でも命に換えがたいもの。

ましてや、盗まれたのは稀少な密通小判だぞ」

「刻印をみれば、すぐにそれと判別できるらしいな」

「それがわかっておるなら、なぜ、すぐにみつけだせないのかね」

答《こたえ》はひとつ、やる気がないからだ。

紋十は、ふんと鼻を鳴らした。

「まあよい。はなしは逸《そ》れたが、六兵衛さんとやら、おまえさんはほんとうに、とんでもないことをしでかしてくれたね」

「おことばですが、ああでもしなけりゃ、若旦那のお命はお救いできなかったもんですから」

「おや、居直るのかい」

「別に、そういうわけじゃ」

「袖の下をたんまり渡したろ。口ごたえするんじゃないよ」

「へえ」

袖の下を渡されたのは平内で、まだ、おこぼれにあずかってはいない。

「こんなことなら、紋太郎が斬られちまえばよかったんだ。莫迦は死ななきゃ治らないっていうしね」

伊勢屋は痰壺《たんつぼ》を引きよせ、かっと痰を吐いた。

平内は顔色も変えず、平然と耳をかたむけている。

六兵衛は何事かを言いあぐね、口をもごつかせた。

「言いたいことがあるんなら、言ってみなさい。ないのか。それなら黙って聞くように。昨晩、親族の会合を開き、紋太郎は勘当することにきめた。お帳つきだよ。近々、御奉行所に御願書をお持ちする。お認めいただければ、すぐさま久離《きゅうり》帳に名を載せ、はいさようなら、きれいさっぱり、紋太郎とは縁もゆかりもなくなる。母親は泣きの涙で許してほしいと訴えたが、こんどばかりは容赦できない。堪忍袋の緒が切れりゃ、久離も切られるんだ。あの莫迦も、浮世の辛さを思い知ることだろう」

大狸は顔を紅潮させ、講談師のようにまくしたてる。

「もう、父でも子でもない。血の繋がりがなくなれば、あれの綴《つづ》った身請証文は紙屑も同然だ。とはいうものの、紙屑にしちまったら、波多野の殿さまがご納得なされまい。なにせ、先祖伝来の大槍《おおやり》をしごき、この身を串刺《くしざ》しにしてやるとまで息巻いたお方だ。ふふ、そこはそれ、わたしだって、ただでは転ばぬ伊勢屋の達磨《だるま》、殿さまにご納得いただける道筋はつくってやった」

紋十は、にやっと不敵に笑う。

つぎに発せられたことばを聞き、六兵衛は耳を疑った。元服を控えた波多野家の次男坊に侍身分を捨てさせ、伊勢屋の跡取りに迎えるというのだ。

「ふっ、驚いたかい。紋太郎の身代わりさ」

しかも、大狸が用意した土産はそれだけではなかった。

お誂《あつら》えむきに、勘定奉行の席がひとつ空席になったと聞き、さっそく、老中首座の松平伊豆守《まつだいらいずのかみ》に掛けあい、波多野を推輓《すいばん》したのだ。

「ほどもなく、希望は叶う」

伊勢屋は大金を注《つ》ぎこみ、波多野左近を重要な地位に返り咲かせた。

波多野家の次男を迎えて姻戚《いんせき》関係を結べば、後々、美味《うま》い汁はいくらでも吸える。

巧妙に算盤を弾いたうえでの、迅速な動きだった。

さすがは札差、強突張《ごうつくば》りの考えることは桁《けた》がちがう。

「終わりよければすべてよし、というわけでな。これもみな、六兵衛親分の機転があってのこと。ふはは、ゆえに本日はこうして、浦島さまともどもご足労いただいた次第」

叱りつけるかとおもえば、こんどは持ちあげる。

ひとをあげたりさげたり、まるで屋根船の天井だなと、六兵衛はおもった。

「さあ、宴《うたげ》じゃ」

左右の襖が威勢良くひらき、酒膳《しゅぜん》がはこばれてきた。

「ご両人、心ゆくまでご堪能くだされ」

伊勢屋は一杯だけ酌をし、そそくさと居なくなる。

豪勢な料理に箸《はし》をつけたところで、美味《うま》くもない。

酒の味もわからず、いくら呑んでも酔えそうになかった。

焚き火のまえで抱きあった若いふたりのことが、どうにも気になって仕方ない。

なるほど、紋太郎は勘当されても文句の言えない放蕩者だが、札差の惣領《そうりょう》に生まれたがゆえの悩みも引きずっていた。

紋十は父親として、もう少し息子を温かく見守ってやれなかったのだろうか。

面と向かってろくに話しもせず、物のようにあっさり捨てる。

血も涙もない伊勢屋の仕打ちが、六兵衛には恨めしかった。

しかし、今ここで、ぐだぐだ文句を言ってもはじまらない。

「物事ってのは、なるようにしかならねえものさ」

六兵衛の気持ちを見透かしたように、平内がうそぶいた。

八

立夏になれば、陽気もだんだんと本物になってくる。

真っ白な卯《う》の花を背にしつつ、綿抜きの振袖を着た町娘たちが仲見世大路をそぞろ歩いている。

海苔屋はあいかわらず閑古鳥が鳴いており、おはま婆さんはいつもの居場所で気持ち良さそうに舟を漕《こ》いでいた。

さきほど、桶屋の仁吉が顔を出し、祝言の日取りを告げていった。

相手は損料屋の箱入り娘、おこんである。

六兵衛の知らぬ間に、話はとんとん拍子にすすんでいた。

王子でのことが、遠いむかしの出来事のように感じられてならない。

紋太郎とおそめの面影は薄れ、ふたりの消息を尋ねる気力も失《う》せた。

「ばあちゃん、昼餉はまだかい」

六兵衛は空きっ腹をさすりながら、何気なく外に目をやった。

表口のまえを、襤褸《ぼろ》を纏った人影が行きつ戻りつしている。

おはまがつぶやいた。

「箒《ほうき》を手にしているねえ。物乞《ものご》いかい」

「あっ」

六兵衛は驚いた。

人影は声を聞きつけ、早足で去ってゆく。

「おい、待て」

裸足《はだし》で表へ飛びだし、痩せた背中を追いかけた。

「待ってくれ、若旦那」

必死に呼びかけると、人影は立ちどまった。

振りむいたのは、変わりはてた紋太郎にほかならない。

薄汚い五分月代に髭面、頬《ほお》は痩《こ》け、眸子は落ちくぼんでいる。

ひどく臭いので、町娘たちは俯《うつむ》きながら避《よ》けて通った。

身におこった不幸は、容易に察することができる。

六兵衛は歩みより、ほっそりした肩を抱きよせた。

「来なよ。何も遠慮するこたあねえ」

よろめく紋太郎に手を貸し、何とか家まで連れてくる。

おはまは奥に引っこんでいた。

「ばあちゃん、飯だ、飯」

「聞こえてるよ」

勝手のほうから声がする。

「さ、そこに座りな」

紋太郎を上がり端に座らせ、六兵衛は漱《すす》ぎ盥《たらい》を運んできた。

浮腫《むく》んで汚れた両足を洗い、手拭《てぬぐ》いで丹念に拭《ふ》いてやる。

「粥《かゆ》ができたよ」

おはまが、湯気の立った土鍋《どなべ》をはこんできた。

「卵を落としといたからね。ほら、こっちへ来な」

板間に紋太郎を招きよせ、木椀《もくわん》に粥を取りわけてやる。

「たんとお食べ。熱いから気をつけるんだよ」

紋太郎は木椀に口をつけ、そっと粥を啜った。

「う、美味《うめ》え」

「そうだろうとも。ひもじいときの米一粒に勝るものはないさ」

おはまは諭すように言い、沢庵《たくあん》の盛られた皿を差しだす。

「ばあちゃんの漬けた沢庵は絶品だぜ」

六兵衛に促され、紋太郎はぽりっと齧る。

そして、餓鬼のように粥を啜りはじめた。

途中で箸《はし》を止め、うっと感極まってしまう。

紋太郎は洟水を啜りながら、粥を三杯たいらげた。

「あ、ありがとう存じます。お婆《ばば》さま、この御恩は生涯、忘れません」

「そんなだいそれたもんじゃないよ。困っているときはおたがいさまだ」

六兵衛が優しく促す。

「さあ、人心地がついたろう。胸の裡《うち》を吐きだしちまいな」

「はい」

紋太郎は、今までの経緯をぽつぽつ語りはじめた。

「久離を切られるって噂が流れた途端、誰も相手にしてくれなくなりました。今まで良い顔をしていた連中が手のひらを返したように」

「つれなくなりやがったか、そうだろうな。おそめは、どうしたい」

「親分さんに助けていただいた日から床に臥《ふ》し、何日も病が癒《い》えず、花柳の女将がどこかへ隠しちまったんです。いくら訊いても、隠し場所を教えてはくれません」

「辛《つれ》えとこだな」

「頼る者とてなく、芥《ごみ》を漁《あさ》って食いつなぎました。いよいよ困りはて、気づいてみると、親分さんのところへ足をはこんでおりました」

「そうかい、おぼえててくれたんだな」

「忘れるわけがありません。親分さんは命の恩人です。でも、わたしはこんなふうに、みじめになっちまって……生かしていただいたことが、はたして、よかったのかどうか」

「甘ったれんじゃないよ」

と、おはまが入れ歯を剝《む》いた。

「こうなったのも、親の情けと知りな」

「親の情け」

「そうさ。人間、落ちるところまで落ちなきゃ、わからないことだってある。お金のありがたみ、物をたいせつにする心、他人様の親切に感謝を抱く心、足りている者にはそうしたことがわからないものさ。久離を切られてはじめて、おまえさんはだいじなことに気づかされた。いちど地獄をみてしまえば、どんなことでも耐えられる。すべては生きぬくための試練なんだって、そうおもえばいい。試練を与えてくれた親を恨むんじゃないよ。感謝するんだ」

胸に沁《し》みることばだ。紋太郎は、ぽろぽろ涙を零《こぼ》す。

「泣くんじゃない。一から出直せばいいんだよ」

「一から」

「そうさ。いつの日か、おとっつあんを超える大商人になってやりな」

おはまの言うとおりだと、六兵衛はおもった。

九

卯月《うづき》吉日、快晴。

爽《さわ》やかな風に吹かれ、藤棚に咲いた藤が波のように揺れている。

海苔屋『はま与』の店先では、見物人らが人垣をつくっていた。

人垣の中央には、木遣《きや》り衆を引きつれた仁吉の法被《はっぴ》姿もみえる。

六兵衛は黒紋付きに袴《はかま》を付け、朝婿入りと称する父子固めの盃《さかずき》を交わすべく、門口に立った。

おはまは、孫の晴れ姿に目を細めている。

「ばあちゃん、行ってくるよ」

「ああ、行っといで。あたしゃ足が弱いから、あとでのんびりお邪魔するよ」

「うん」

「ほら、お行き。何をぐずぐずしてんだい」

「ばあちゃん、ありがとな」

「え」

「へへ、こういうときってのは、いちおう筋を通さにゃならねえんだろ」

「何を言ってんだい。莫迦だねえ、この子は」

おはまは目頭を押さえ、右手でしっ、しっとやる。

六兵衛は洟水を啜りあげ、表口へ飛びだした。

「さあ、花婿のご登場だ」

「よっ、日本一」

木遣り衆が一斉に唄いだし、婿入りの行列は仲見世大路を堂々とすすんでゆく。

雷門を潜ったところで、ざっと雨が降ってきた。

空を見上げても、雲はひとつもない。

「水入りか。狐の嫁入りならぬ、婿入りだな」

と、仁吉が恨めしがる。

雨のなかを行列はすすみ、門前の広小路を突っきった。

損料屋『七福』の敷居は目と鼻のさき、花嫁は店のなかで待っている。

門前に佇《たたず》むのは、今日から「おとっつあん」と呼ばねばならぬ相手だ。

おこんの父、庄左衛門であった。

骨太の厳ついからだを黒紋付きに包み、にこりともせずに仁王立ちしている。

霜のまじった太い眉は反りかえり、眉の下でぎょろ目を光らせていた。

商売人というよりも、地廻りの元締めのような風格さえ感じさせる。

六兵衛は尻込みしたくなったが、引きかえすわけにもいかない。

庄左衛門の面前に立ち、型どおりの口上を述べた。

「まあ、おはいり」

存外に優しげな口調で返され、ほっと肩の荷を降ろす。

店内を覗いてみると、ひっきりなしに人が出入りし、柳樽《やなぎだる》や祝い品をはこびこんでいた。

もちろん、六兵衛はあがったことのない家だ。

間口は広く、奥行きも深そうな印象だった。

庄左衛門みずから案内に立ち、長い廊下を渡ってゆく。

奥座敷に招じられ、しばらく待つように言われた。

目のまえには漆塗りの膳《ぜん》がふたつ置かれ、酒肴《しゅこう》の用意もしてある。

通常ならば、立会人を置き、父子固めの盃を交わしながら「箪笥《たんす》一重《ひとかさね》、長持二棹《ふたさお》、葛籠《つづら》三荷」などと書かれた嫁入り道具の目録を手渡される。そして、婿はいちど家に帰り、夕刻の嫁入りを待つのだが、婿入りなので段取りは異なっていた。すでに、祝言の支度は整いつつある。

襖が音もなく開き、庄左衛門が三方《さんぽう》を抱えてあらわれた。

「まあ、お気楽に」

「はい」

庄左衛門は対座し、深々と頭をさげる。

「こたびは当方の勝手な願いをお聞きとどけくださり、あらためて御礼つかまつる。さてこれより、六兵衛どのとは父子の契りを結ばねばならぬ。契りを結ぶにあたって、いくつか申しあげておかねばならぬ。よろしいかな」

恫喝《どうかつ》するような眼差《まなざ》しを向けられ、六兵衛はたじろいだ。

「よ、よろしゅうございます」

「ではまず、なにゆえ、婿は六兵衛どのでなければならなかったか。その点をご説明しておかねばなりますまい」

なるほど、いちばん訊きたかったことだ。

「おこんと晴れて夫婦《みょうと》となったのちは、この七福ではなく、蛇骨《じゃこつ》長屋の木戸番小屋に住んでいただく」

「蛇骨長屋の木戸番小屋」

「さよう。ところは広小路の西端、ここから三町と離れてはおらぬ。文字どおり、蛇骨のごとく細長い棟割長屋が三棟と店が六軒ござってな、土地ごと引っくるめてわたしの持ち物なのだ。大家はおらぬ。他人に任せるのが嫌でな、店賃《たなちん》の徴収だの催促だの、面倒なことも自分でみんなやっておる」

「ははあ、なるほど。木戸番小屋に住み、大家をやれと仰るので」

「いいや、ちがう。話は最後まで聞きなさい」

「はあ」

「一昨年まで、木戸番はおるにはおったのだ。ところが、頼母子講《たのもしこう》の金を盗み、どこかへ雲隠れしちまった。それだけではない。昨年、長屋で疱瘡《ほうそう》が流行《はや》って以来、新しい店子が入ってくれぬようになってな、ところどころ歯が抜けたように空いておる。

店賃を下げたり、いろいろ工夫もしてみたが、何をやってもだめ。祈禱師《きとうし》を呼んで厄払いをさせたところ、とんでもないことがわかった」

「とんでもないこと」

「ふむ、木戸番小屋の造作《ぞうさく》がな、あらゆることの元凶であったわ。何と、大黒柱が逆さに立っておった。逆柱《さかばしら》は大凶、すべての運がそこから逃げておったのさ」

「でも、逆柱とおいらと、どういう関わりが」

「だから、話は最後まで聞けと言っておる」

「はあ」

「わたしの奉じる本地仏《ほんじぶつ》は阿弥陀さまでな、それゆえ、長屋の木戸口脇に六体の阿弥陀仏を建立申しあげた。木戸番小屋の造作も、一風変わった六角堂にしてみたのよ」

祈禱師は六角堂に注目した。逆柱をそのままにして運を逃さぬ方法が、ひとつだけあると告げたのだ。

「護符替わりに、六と名のつく岡っ引きを住まわせよと、祈禱師は申された」

高名な祈禱師は、そのとき、神憑《かみがか》っていたという。

「手分けして江戸じゅうを探してみたが、六と名の付く岡っ引きはなかなかみつからぬ。困りはてていたやさき、桶屋の仁吉さんが噂を聞いて、ひょっこり顔を出された。

岡っ引きの六兵衛なら、雷門を潜ったさきにいるではないかと仰られてな。これぞ、阿弥陀さまのお引きあわせではないか。わたしは一も二もなく、縁談を申しいれたというわけさ」

まわりくどい話だが、要は護符替わりに婿入りしてほしいのだ。

おこんの気持ちなど、毛ほども考えていない。

「深く考えずともよい。木戸番小屋に居てもらえりゃそれでいい」

庄左衛門に酒を注がれ、六兵衛は舌を湿らせた。

何やら、気持ちまで湿っぽくなってくる。

考えてみれば、よほど珍妙な理由でもないかぎり、これほど条件の良い縁談が舞いこんでくるはずもなかったのだ。

今なら、断ることもできる。

だが、断れば損をみると、六兵衛なりに算盤を弾いた。

「わたしも人の親、できることなら、娘をそれなりのところへ嫁がせてやりたかった。母親を幼いころに病で失い、手塩に掛けて育てた一人娘でもあるし。されど、こればかりは致し方ない。阿弥陀さまのお告げなのだ。わたしはね、おこんを嫁にやる気でいる。それだけは、わかってほしい」

「お気持ちはわかります。おとっつあん」

「何だと、気軽に呼んだら承知しねえぞ」

「そいつはどうも、あいすいません」

「おっと、こっちこそ、すまない。つい、本音が出ちまった。ともかく、あれを裸嫁で出すわけにはゆかぬ。ほれ、おこんの持参金だ。何も言わず、納めてくれ」

庄左衛門は、袱紗《ふくさ》をかぶせた三方を滑らせた。

六兵衛が遠慮がちに袱紗をひらいてみると、包封の切られていない小判の包みが山積みになっている。

「ふふ、月見団子のようだろう」

庄左衛門は、にっと笑う。

その途端、金歯が光った。

「ぜんぶで、二百両ある」

「に、二百両」

しかも、すべて正徳四年に鋳造された稀少な小判だという。

「正徳四年ですか」

「ほう、ご存じのようだね。同じ年の正月、絵島という大奥の大年寄が役者と密通して罰せられた。ゆえに、密通小判と呼ぶ者もいる」

伊勢屋から盗まれた小判も「密通小判」だった。

六兵衛は、小判の山と庄左衛門の顔を交互にみくらべる。

「何だ、わたしの顔に何かついておるのか」

「いえ、別に」

そのつもりで眺めれば、盗人一味の首魁《しゅかい》にみえなくもない。

白狐か。

六兵衛は薄く笑い、首を左右に振った。

「莫迦らしい。んなわけがねえ」

ひとりごち、三方を引きよせる。

庄左衛門の眸子が、怪しげな光を放った。

十

庄左衛門の希望で祝言は内輪だけのつつましいものとなったが、六兵衛とおはまに文句があろうはずもなかった。

「あんなに可愛い娘をお嫁さんにできるなんてねえ、六兵衛は何という幸せ者でしょう」

おはまは感激もしきりだ。

が、花嫁の顔は角隠しにすっぽり包まれたままで、紅を差した唇《くち》もとしかみえない。

初夜の褥《しとね》ではじめて嫁の顔を知るとも聞くし、六兵衛は少しも気にならなかった。

仁吉の音頭で三三九度の盃事がとりおこなわれ、祝いの品がいくつか披露される。

庄左衛門は表情も変えずに座りつづけ、一方のおはまはさかんに箸を動かしながら、嬉《うれ》しそうに盃も舐めた。

主賓として招かれた浦島平内は、みなに酒を注がれ、酔い蟹《がに》も同然になっている。

「余興、余興、ふははは」

高らかに笑い、謡《うたい》を朗々と唸《うな》りだした。

「高砂《たかさご》や、この浦舟に帆をあげて、この浦舟に帆をあげて、月もろともにいりしおの、浪《なみ》の淡路《あわじ》の嶋かげや……」

六兵衛は尿意をもよおし、袴をもぞもぞやりだす。

横から白い手が伸び、腿《もも》をぎゅっと抓《つね》られた。

「痛っ」

おもわず発した叫びは、平内の謡に掻きけされる。

「遠く鳴尾《なるお》の沖すぎて、早や住《すみ》の江《え》につきにけり、早や住の江につきにけり……」

まちがいなく、手を伸ばしたのは花嫁だった。

新鮮な驚きとともに尿意は引っこんだが、角隠しに隠された顔を覗きこみたくなった。

なにしろ、顔もみせぬうちに、手が出てきたのだ。

さきほどまでは楚々《そそ》とした仕種《しぐさ》に惹《ひ》かれ、うっとりしていたが、出会い頭に横びんたを張られたような気分になった。

どうやら、一筋縄ではいかぬ娘らしい。

平内の謡は、永遠に終わりそうにない。

ふたたび、強烈な尿意に襲われ、六兵衛はがばっと立ちあがった。

両手で袴の裾《すそ》を摘まみあげ、後ろもみずに廊下へ飛びだす。

「われ見ても久しくなりぬ住吉《すみよし》の、岸の姫松いく世経ぬらん……」

乱れの無い平内の唸りを背にしながら、廊下を端まで突っきった。

「厠《かわや》、厠」

血相を変えて探しても、厠はどこにもみつからない。

仕方なく、足袋《たび》のまま中庭へ飛びおりた。

白壁の隅に裏木戸がみえる。壁際には躑躅《つつじ》が植えてあった。

袴を脱ぎすてて駆けより、周囲に誰もいないのを確かめる。

六尺ふんどしの脇から、いちもつを取りだすや。

「ままよ」

散りはじめた躑躅めがけ、一気に放尿した。

と、そのとき。

この機を待っていたかのように、裏木戸がひらいた。

「こらっ」

真横から一喝され、驚いて首を捻る。

みたことのある月代侍が佇んでいた。

「げっ、あんたは」

「さよう、波多野家元用人、木島新九郎《しんくろう》じゃ」

「ど、どうして、ここに」

発しながらも、六兵衛は小便を弾いている。

もどかしいほどの長小便だ。

「教えてやろう」

木島は懐中に手をつっこみ、紙切れを取りだした。

「おぼえておるか。おぬしが伊勢屋のどら息子に書かせた身請証文じゃ。こうしてやる」

びりっと破り、丸めて抛りなげる。

「こいつのせいで、わしは割りを食った。どら息子は勘当され、波多野家の次男坊が伊勢屋の跡継ぎにきまった。勾引に関わったわしは殿のおそばから遠ざけられ、体よくお払い箱にされたわ。それもこれも、岡っ引きの浅知恵から生じたこと」

突如、殺気が膨らんだ。

「う」

小便が引っこむ。

「わしは浪々の身となった。にもかかわらず、おぬしは可愛い嫁を貰うと聞いた。許せるか、これが」

「あっしを、お斬りになると」

「そのつもりで、裏木戸から忍びこんだのよ。覚悟せい。へや……っ」

木島は白刃を抜きはなち、びゅんと一閃《いっせん》させた。

鼻先に風が奔《はし》りぬけ、頰の薄皮がぴっと裂ける。

六兵衛は固まったまま、頰に流れる血を舐めた。

斬らねえのか。

「ぐふふ、ぬははは」

木島は肩を揺すって笑い、すちゃっと白刃を鞘に納めた。

「生死の間境に立たされたとき、人の値打ちはおのずとわかるもの。わしが白刃を翳《かざ》しても、おぬしの睾丸《きんたま》は縮まずにおった。ずんだらりんと、平気な顔でぶらさがっておったわ。よほどの豪胆か、阿呆でなければ、そうはならぬ」

六兵衛はふんどしを直し、袴を整えた。

「ぐずろ兵衛め、また命を拾ったな」

「へ、おかげさんで」

「摩訶《まか》不思議な男よ。じつを申せば、王子でもそうだった。面と向かうと討ち気を殺《そ》がれる。どうしてかのう」

「旦那、ひとつお訊きしても」

「何だ」

「これからさき、どうなさるおつもりです」

「さあて。生きてゆくのも面倒臭くなった」

「何を仰いますやら」

「こうみえて、わしは五十の境を過ぎた。妻と娘があったが、ふたりとも疾《と》うのむかしに亡くなってな、たいして生きる望みもない」

木島は、遠い目をしてみせる。

「ここはひとつ、死に花でも咲かせてみるかな」

「死に花」

「ふん、戯言《ざれごと》さ。真に受けるな」

「はあ」

「祝いの席に戻ったらどうだ。ほれ、謡が聞こえてくるぞ」

耳を澄ませば、平内の謡が聞こえてくる。

「下手くそめ」

木島は笑いながら背を向け、裏木戸を潜りぬけてゆく。

待ってくれと言いかけ、六兵衛はことばを呑みこんだ。

十一

卯月小満《しょうまん》は迎梅雨《むかえづゆ》、空は曇りがちだ。

蛇骨長屋の「六角堂」に移りすみ、早くも五日が経《た》った。

にもかかわらず、店子どもは挨拶《あいさつ》にも訪れない。顔を出すのは駄菓子を買いにくる洟垂ればかり、子ども嫌いな六兵衛にとっては鬱陶しいかぎりだ。

肝心のおこんは祝言の日以来、顔すらまともに拝ませてくれない。

祝言疲れで気鬱《きうつ》になり、当面は実家で寝起きさせてほしいとのことだった。

「嫌われちまったのかな」

どんよりと垂れこめた空を見上げ、六兵衛は溜息を吐いた。

つぶやきを聞きつけたかのように、小銀杏髷の同心が訪ねてきた。

浦島平内である。

「吉報、吉報」

嬉しそうに口走り、上がり端に座って草履と足袋を脱いだ。

六兵衛が漱ぎ盥にぬるま湯を注いでやると、足を浸しながら朗々と喋りだす。

「天は直《なお》きを助けたもう。世に悪の栄えた例しはないというが、ほんとうだな。ふふ、波多野左近が死んだぞ」

「え」

「昨晩だ」

念願の勘定奉行を拝命し、祝いの席でのことだった。伊勢屋紋十はじめ賓客を自邸に招き、大いに酒を呑んではしゃいでいた。

浮かれた拍子に濡《ぬ》れ縁で踊りだした一瞬の間隙《かんげき》を衝《つ》かれ、一刀のもとに斬られたのだ。

「おのれ、新九郎」

波多野は脳天を割られながらも、口惜しげに叫んだという。

「下手人の名は木島新九郎。六よ、おめえが心配えしたとおりになったな」

木島は殺到する家来たちとも大立ちまわりを演じ、大勢に手傷を負わせるも力尽き、折れた刀で腹搔《か》っさばいてみせた。

「まるで、合戦場みてえだったとよ。そいつは料亭の賄《まかな》いに聞いた話だ」

無論、この一件は闇から闇へ葬られる。

波多野左近の死は病死としてあつかわれ、ほどもなく、新たな勘定奉行が任命される。波多野家は長男が嗣《つ》ぐことになろうが、飼い犬に咬《か》まれて落命した当主の家に重要な役目が課される見込みはない。

伊勢屋はあてがはずれ、五千両の借金を回収できなくなる。手許《てもと》にのこるのは役立たずの次男坊のみ、権力をほしいままにせんとする思惑は絵に描いた餅《もち》となった。

「泣くに泣けねえところだろうさ。六よ、少しは溜飲《りゅういん》も下がったな」

「へい」

「若旦那に教えてやるか」

「どうしやしょう」

「教えたところで、元の鞘に戻れるでもなし、仕方ねえか」

「そうかもしれやせん」

平内は足を丹念に拭き、足袋を履いた。

「旦那、もうお行きなさるので」

「ちょいと、立ちよっただけさ」

「あの」

「何だよ」

「伊勢屋から二百両を盗んだ連中、捕まりやしたかい」

「いいや。頼りの密通小判が一枚も出てきてねえんだ。探しようがねえさ」

六兵衛は、ちらっと部屋の隅に目をやった。

今戸焼《いまどやき》の壺がひとつ置いてあり、壺のなかには「密通小判」が二百枚から一枚も欠けずに納めてある。

「何だよ、言いてえことがあんなら言ってみな」

「へい」

迷ったすえに、六兵衛は額をぺしゃっと叩いた。

「へへ、旦那、何でもありやせん。お帰りの道中、どうかお気をつけて」

「けっ、焦らしたすえがそれかい。あいかわらず、妙ちきりんな野郎だぜ」

平内が去ったのを見届け、六兵衛はおもむろに腰をあげた。

六角形の辻番小屋をあとにし、吾妻橋《あづまばし》のたもとへ向かう。

竹町《たけちょう》の渡しから小舟に乗り、大川《おおかわ》を下りはじめた。

「行き先は深川だ。油堀《あぶらぼり》に入《へ》えってくれ」

「へい」

船頭は器用に櫓《ろ》を操った。

小舟は灰色の川面《かわも》に水脈《みお》を曳《ひ》いてゆく。
正午の手前だというのに、あたりは夕暮れのような淋しさだ。
浅草から深川までは、歩けばけっこう掛かる。
が、舟を使えば、それほどでもない。
小舟は波を切り、大川を突っきった。
佐賀町《さがちょう》を左手に曲がり、水馬《あめんぼ》のように油堀をすすむ。
そして、閻魔堂橋の船着場に漕ぎよせた。
六兵衛は陸《おか》にあがり、一ノ鳥居までのんびり歩いてゆく。
たどりついたさきは、楼閣風の茶屋だった。
招牌《まねき》を見上げれば『大吉』とある。
四つ辻の陰から、表口の様子を窺った。
下足番の忠治ともうひとり、箒で表を掃く若い男がいる。
月代も髭もこざっぱりとさせた若者は、紋太郎であった。
一から出直したいという意思を汲《く》み、ここで働けるように口添えしてやったのだ。
「やっぱし、教えといてやるか」
六兵衛は一歩踏みだし、足を止めた。

辻向こうから、箱屋をしたがえた芸者がやってきたのだ。

「あ、おそめじゃねえか」

昼の宴席に呼ばれたのだろうか。

おそめは箱屋を待たせ、紋太郎のそばへ身を寄せた。

忠治が遠慮して背を向ける隙に、さっと文を手渡す。

真実《まこと》の恋情《おもい》を綴った艶書《えんしょ》とともに、些少《さしょう》の金子《きんす》でも忍ばせてあるのだろう。

切れたとばかりおもったふたりは、ちゃんとこうして繋がっていた。

六兵衛は辻からそっと離れ、閻魔堂橋へ戻りはじめた。

「こいつは、阿弥陀さまの御加護かもしれねえな」

堀川の汀《みぎわ》には一面、たんぽぽが咲きみだれていた。

西の空を見上げれば、一条の光が射《さ》しこんでくる。

久方ぶりに良い気分だ。

「高砂や……」

めでたい節まわしが、口を衝いて出た。

どろぼう長屋

一

毎日、雨ばかり降っている。

「梅雨《つゆ》だからしょうがねえか」

祝言から半月余りが経《た》った。

おこんは実家の損料屋《そんりょうや》に戻ったきり、うんともすんとも言ってこない。

一日に二度ほど、義父となった庄左衛門が雑用のついでに顔を出し、何だかんだと言い訳をしてゆく。

もう、言い訳も聞きあきた。

六兵衛は、ただの木戸番をやらされているにすぎない。

しかも、店子《たなこ》はひとりも挨拶《あいさつ》に来ないので、面倒な用事は何ひとつなかった。

小銭を握った洟垂《はなた》れにしけた煎餅《せんべい》を売り、ものを尋ねる者があれば教え、日がな一日雨を眺めながら過ごし、夜中になれば木戸を閉めて寝るだけだ。

が、まあ、こんな暮らしも嫌いではない。

生来のものぐさに磨きがかかり、近頃では十手に触れることもなくなった。

「こんにちは」

菜籠《なかたき》を背負った三十路《みそじ》前後の嬶《かか》ァがやってきた。

名はおつね、神田多町《かんだたちょう》の青物市場《やっちゃば》で仕入れた野菜を菜籠いっぱいに詰めこんでくる。愛想をこぼしてくれるのは、おつねくらいのものなので、いつも多目に野菜を買ってやる。

「親分さん、降りますねえ」

「担ぎ売りにとっちゃ、恨みの雨だな」

「恨みどころか、恵みの雨ですよ。みなさん、買いだしが面倒だから、かえって雨の日はよく売れるんです」

「ほう、そんなもんかい」

おつねは上《あ》がり端《ばな》に、野菜を並べはじめた。

「人参《にんじん》に里芋に牛蒡《ごぼう》、それと青菜がいりますね。南瓜《かぼちゃ》も半欠け置いてきますよ。風邪《かぜ》をひかないようにね」

「いつもすまねえな」

「こちらこそ」

おつねの足許《あしもと》をみると、濡《ぬ》れた草鞋《わらじ》が擦りきれている。

「土間に草履《ぞうり》があっから、持っていきな」

「え、よろしいんですか」

「遠慮することあねえや」

「それじゃ、ありがたく頂戴《ちょうだい》いたします」

おつねは拾いあげた草履を、継ぎ接《は》ぎの袂《たもと》に仕舞いこんだ。

「こちらの家主《いえぬし》さまにも、前々からよくしていただいております」

「ほう、そうだったのかい」

「はい。亭主《ていし》が菜籠を担いでいたころからのおつきあいで」

「ご亭主はどうしたんだい、からだのぐあいでもわるくしたのかい」

「死にました。三年前に」

「そいつは、申し訳ねえことを訊《き》いたな」

「いいんですよ。亭主の伊代治《いよじ》は壺振《つぼふ》りで、盆茣蓙《ぼんござ》が稼ぎ場だったんです。可愛《かわい》い娘のために足を洗ってくれましてね、菜売りになって五年も経ったころ、むかしの悪仲間に出くわしちまった」

盆莫蓙に誘われたが、もう壺は振れないと断ったところ、数人に寄ってたかって殴る蹴《け》るの暴行をくわえられた。翌朝、神田川の汀《みぎわ》で冷たくなっているのを発見されたのだという。

「ひでえ話だな」

「それでも、娘のために蓄えを遺《のこ》してってくれました」

「娘さんはいくつだい」

「十二です」

おみよという娘は生まれつき病弱で、手習いにも通わせられなかったが、読み書きは誰よりも上手にできると、おつねは自慢する。

「何だか、すみません。雨の日に鬱陶《うっとう》しい話をお聞かせしちまって」

「何も謝るこたあねえさ。ついでだ、そっちの南瓜も置いていきな」

「よろしいんですか」

「なあに、ばあちゃんに煮付けてもらうから、心配《しんぺ》えはいらねえ」

「ありがとうございます」

「気いつけてな。おまえさんに何かあったらてえへんだ」

「はい。それじゃまた」

おつねは軽くなった菜籠を背負い、雨の向こうに去ってゆく。

上がり端には、不恰好《ぶかっこう》な野菜が残された。

軒先から、雨垂れが落ちている。

「それにしても、暇だな」

浦島平内からも呼びだしは掛からず、放生会《ほうじようえ》の亀《かめ》なみに放《ほう》っておかれていた。

噂《うわさ》では、稲荷《いなり》の権吉《ごんきち》という目端の利く岡《おか》っ引《ぴ》きを手足に使っているらしい。少し淋《さび》しい気もするが、平内に見限られても文句は言えまい。

八つ刻《どき》（午後二時）なので、小腹が空《す》いてきた。

「帰《け》えるかな」

腹が減ったら雷門まで歩き、仲見世大路の『はま与』に顔を出す。

が、おはまは、いつもつれない。

他家の婿に飯を食わせたら外聞がわるいと叱《しか》られ、早々に追いたてられる。

仕方なく勘八を誘い、一膳飯屋《いちぜんめしや》で済ませることもしばしばだった。

「菖蒲《しょうぶ》、菖蒲、邪気払い、虫除《よ》け」

露地裏から、菖蒲売りの声が聞こえてくる。

「そっか、端午《たんご》の節句も近えんだな」

婿入りのきっかけになった逆柱《さかばしら》にもたれ、六兵衛はうたた寝をしはじめた。

「おっちゃん、おっちゃん」

子どもの声に目を醒《さ》ますと、店先に丸々と肥《ふと》った洟垂れ小僧が立っている。

店子の子どもだ。よく見掛ける顔だが、喋《しゃべ》ったことはない。

「おっちゃん、この煎餅、黴《かび》が生《へ》えてるよ」

店先に並んだ煎餅を指差し、洟垂れは小生意気に文句を垂れる。

「どれ」

六兵衛は躙《にじ》りより、腰を屈《かが》めて確かめた。

なるほど、何枚かに青黴が生えている。

「どうすんだい、これじゃ売り物になりゃしないよ」

憎たらしい小僧だ。が、正しいことを言っている。

六兵衛は青黴煎餅を掻《か》きあつめ、浅草紙でくるんだ。

「捨てるんなら、おくれよ」

「どうして」

「三枚一文で売るのさ。長屋の連中は買わないけど、広小路に行けば買うやつもいる。蛇骨長屋の六角堂煎餅といやあ、ちったあ知られているからね」

「六角堂の黴煎餅だろうが」

「黴なんざ、ふっと吹きゃ消えちまうよ」

「洟垂れのくせして、小知恵をはたらかせるんじゃねえぞ。おめえ、いくつだ」

「九つさ」

驚いた。十二、三にみえる。

「名は」

「鶴松《つるまつ》だよ。おとっつあんが縁起の良い名を付けてくれたんでね」

「いいもんを食わしてもらってんじゃねえのか」

「でかいのは生まれつきさ」

「おとっつあんは何やってる」

「駕籠《かご》かきだよ。おっかさんもね」

「なに、おっかさんも担いでんのか」

「そうだよ。先棒《さきぼう》がおっかさんで、後棒《あとぼう》がおとっつあんさ。ほいかご、ほいかごってね、おっちゃん、木戸番のくせして知らないのかい」

駕籠かき夫婦の名はたしか、熊五郎《くまごろう》とおさんだ。庄左衛門に聞いたことがあった。

「おいらは一粒種でね、おとっつあんは大人になったら駕籠かきをやれっていうけど、まっぴらごめんさ。おいらは講釈師になりてえんだ」

「いっちょまえに、夢がありやがんのか」

「とんとんとん、とんでもない、とんだ噺《はなし》のはじまりはじまり」

「おっと、いきなりかい」

「さあ、聞いとくれ。蛇骨長屋の店賃は一日たったの十七文、そば一杯分と同じだ。住んでいるのは貧乏人のろくでなし、幇間《ほうかん》医者の念朴《ねんぼく》はどろぼう髭《ひげ》の危な医者、藪《やぶ》をつつけば念朴が蛇といっしょに出てきやる、死にたくなったら行きゃあいい。とんとん、あ、とんでもないのふたり目は、おめでたいやつ富士鷹茄子《ふじたかなすび》、いつも手鎖《てぐさり》塡めている。勝手に外しちゃ飯を食い、絵筆を奔《はし》らす危な絵師、外しちゃ描《か》き、描いては塡める、濡れ場ばかりを描きつづけ、鍵《かぎ》を預かる役人が忘れたころにやってくる。とんとんとん、あ、とんでもないの姐《ねえ》さんは、鮪《まぐろ》みてえな中年増《ちゅうどしま》、その名もおしまと申します。懸想文の代筆屋、三味線《しゃみせん》なんぞも教えているが、尻《しり》の軽いが玉に瑕《きず》、餌《えさ》に食いつく若いのをくわえこんだらはなさない……」

下手《へた》な辻講釈《つじこうしゃく》よりも、こっちのほうがおもしろい。

気づかぬうちに身を乗りだし、六兵衛は聞き入っていた。

「……とんとんとん、あ、とんでもないの見習いは、孝四郎《こうしろう》と申す錺職《かざりしょく》、いろは帳なる細見《さいけん》に娘の名前を書きためて、こっそり眺めちゃほくそ笑む、おとめ狂いにござ候。とんとんとん、あ、とんでもないの浪人は、うっそり殿こと兵藤《ひょうどう》の氷室之介《ひむろのすけ》と申します。賭場《とば》から賭場を渡りあるく用心棒とは名ばかりで、心得田圃《こころえたんぼ》と胸叩《たた》き、抜いた刀は赤鰯《あかいわし》、大根まともに切れやせぬ。とんとんとん、あ、とんでもないの筆頭は、紙屑《かみくず》拾いの源助爺《げんすけじい》、いったいどこで彫ったのか、腰のまわりの彫り物をふんどし脱いでは自慢する。ははあ、なるほどこれいかに、毛槍奴《けやりやっこ》をさきがけに豆粒大の供人がぞろぞろ歩いておりまする。そんじょそこらじゃお目に掛かれぬ彫り物は、大名行列にござ候。とんとんとん、あ、蛇骨長屋に住むやつは、とんでもないやつばかりなり、それもそのはずこの長屋、どろぼう長屋と呼ばれけり」

「なに」

六兵衛は、真顔で訊きかえす。

「おい、鶴松、ちょいと聞き捨てならねえぞ」

「何がさ」

「おめえ、蛇骨長屋がどろぼう長屋だって言ったろう」

「ああ、言ったよ」

「ほんとうなのか」

「ほんとうなら、どうすんの。大手柄でも立てんのかい。へへ、嘘《うそ》にきまっててんだろう。洟垂れの講釈を真に受けるなんて、おっちゃん、噂にたがわぬ、なけものだね」

「何だ、その、なけものってのは」

「なまけものから、まを抜いただけさ。へへ、間抜けのことだよ」

「なるほどな」

怒るまえに、納得してしまう。

六兵衛は、部屋の隅に置かれた今戸焼の壺に目をやった。

壺のなかには、二百枚の「密通小判」がぎっしり詰まっている。

庄左衛門が祝儀と称して寄こしたものだが、同様の「密通小判」は札差《ふださし》伊勢屋の蔵からも盗まれた。白狐と通称される盗人一味《ぬすっといちみ》は捕まらず、証拠となる「密通小判」が市中に出まわった形跡もない。

ひょっとしたら、というおもいが、芽生えぬほうがおかしかった。

鶴松の落噺《おとしばなし》を、ただの作り話と片づけてよいものだろうか。

どろぼう長屋か。

疑念は胸の裡《うち》で、どんどん膨らんでゆく。

「どうだい、おもしろかったかい」

「ああ、なかなかのもんだ」

「だったら、おっちゃん」

九つの講釈師は勝ちほこったように言い、ずんぐりした手を差しだす。

「木戸銭替わりに煎餅をおくれ。そっちの黴が生えたほうでいいからさ」

雨は熄《や》む気配もない。

「ほれよ」

六兵衛はちゃんとした煎餅をごっそり包み、鶴松に手渡した。

「へへ、やったあ」

「また来い」

「うん」

馴染《なじ》みの店子が、ようやくひとりできた。

六兵衛は眸子《まなこ》を細め、泥跳ねを飛ばす講釈師の背中を見送った。

二

翌夕。

逆柱にもたれてうたた寝をしていると、誰かに鼻息を吹きかけられた。

目を開ければ、焙烙頭巾《ほうろくずきん》をかぶった丸顔の男が覗《のぞ》きこんでいる。

よれよれの十徳《じっとく》を着ているところから推すと、医者であろうか。

「生きておられはったか、うん、よしよし」

「だ、誰でえ、おめえは」

「鈴木《すずき》念朴、店子の町医者でんがな」

「上方訛《なま》りでなぜ喋る」

「やわらこう聞こえまっしゃろ。初対面のお相手には上方訛りのほうがええんとちゃいまっか、どうでっしゃろ。へへ、上方だけやおまへんで。時と所に応じて北から南まで、お国ことばを自在に喋れますのんや。何ばしちょる、はよう目えば醒《さ》まさんとね。どげんじゃろうか、今のは土佐《とさ》に伊予《いよ》、九州の方々もまじっちょりもすばい」

なぜ、お国訛りを使いわけねばならぬのか。意味がわからぬ。

「へへ、こうみえても生まれは日本橋《にほんばし》の富沢町《とみざわちょう》でね。今はちょうど、浜町河岸《はまちょうがし》の杜若《かきつばた》が見頃でござんしょうよ」

「幇間《たいこ》みてえだな」

「へ、幇間医者と、そないに言わはる不心得者もおりんす」

「廓《くるわ》ことばまで使うのか」

「使えと言わはるなら、なんぼでも」

「やめてくれ。それにしても、髭が濃いなあ」

どろぼう髭の鼻下に、好色そうな二本棒が伸びている。

ふと、六兵衛は、上方を中心に稼ぎまくった説教強盗の話をおもいだした。

顔をさらして説教をするにもかかわらず、相手の耳には土地《ところ》訛りで語られた教訓譚《たん》だけが残り、顔はまったく記憶に残らない。ゆえに、いちども尻尾《しっぽ》をつかまれたことがない盗人の話だ。

そのつもりで眺めると、医者ではなく、どろぼうにしかみえない。

説教強盗が町医者を名乗り、江戸の裏長屋に住みついているのだ。

「もし、どうかしなすったか」

「いいや、別に」

「おっとそうだ。ちょいと雨宿りに立ちよったが、こうしちゃおれぬ。死にかけた婆さまが待っておるのでな。何なら、おめえさんも付きあうかい」

「ああ、いいよ」

気軽な調子で返事をし、雪駄《せった》をつっかけて外へ出る。

いつのまにか、雨は熄んでいた。

西の空が夕焼けに染まっている。

半月も木戸番をやっているのに、木戸の内側へ踏みこむのはこれがはじめてだ。ものぐさもここまでくれば、驚きを通りこして呆《あき》れるしかない。が、六兵衛自身はさほど奇異なこととはとらえていないようだった。

木戸をくぐれば、何処《どこ》でも見掛ける裏長屋の風景がある。

露地のまんなかにはどぶ板が通され、どんつきの井戸端では嬶ァどもが洗濯をしながら喋くっている。夕餉《ゆうげ》をあてこんだ物売りが忙《せわ》しなく出入りし、洟垂れどもが騒々しく走りまわっていた。

小太りの念朴をみつけ、悪童たちがじゃれついてくる。

「やあい、やあい、でも医者だ。鍼灸金瘡《はりきゆうきんそう》なんでもござれ、死にたくなったらかかるがいい」

「こらっ」

「わあああ」

じゃりどもは散りかけ、図体《ずうたい》のでかい六兵衛をみつけて、ぎょっとする。

嬶ァたちも気づいた途端に顔を背け、ぴしゃりと戸を閉める者まであった。

「みんな、おまはんを避けちょる」

と、念朴が振りむかずに喋った。

「なんでやとおもう。家主の婿か、木戸番か、はっきりせえへんからや。家主の娘といっしょに暮らさんうちは、挨拶もでけへんのや」

「そいつは、おいらのせいじゃねえ」

「家主のせいにするんか、男らしゅうないのう。損料屋へ躍りこみ、娘を奪うくらいの気概をみせなはれ。もっとも、海苔《のり》屋のぐずろ兵衛にゃ、できひん相談かもしれへんけど、ぐふふ」

幇間医者にかぎらず、長屋の連中はこちらの素姓を先刻承知なのだ。処遇の定まらぬ相手と下手に挨拶を交わせば、話がややこしくなる。それゆえ、誰もが様子見をしていると、念朴は言いたげだった。

「わいが橋渡し役をやっちゃりまひょ」

「ありがたいけどな、妙な訛りはやめてくんねえか」

そうした会話を交わしていると、突如、男の悲鳴が飛びこんできた。

「ぬぎゃああ」

小柄な亭主が頰《ほお》を押さえ、部屋から逃げだしてくる。

「くもすけめ、また女房に張りたおされたな」

念朴が小馬鹿《こばか》にした顔でこぼす。

「夫婦喧嘩《げんか》は犬も食わぬ。くわばら、くわばら」

亭主の背中を追い、六尺（約百八十二センチメートル）を超える大女があらわれた。

「こら、待て。あたいの稼ぎをどこに隠しやがった」

貝髷《ばいまげ》の髪を逆立て、顔を真っ赤《まっか》に染めている。

丸々と肥えた女房の顔は、鶴松とうりふたつだ。

「熊五郎におさんか、ふたりは蚤《のみ》の夫婦なんだな」

「そのとおり。熊五郎は小心者の博打《ばくち》好き、おさんはいつもきりきりしていやがる。がきの鶴松がひねくれるのも無理はねえ」

「ひねくれ者なのかい、鶴松は」

「かなりのね。家じゃあ喧嘩、外に出りゃ、同じ年恰好《としかっこう》の洟垂れどもから、でかぶつ能無しと罵《ののし》られ、すっかり、ひねくれ者になっちまった」

「そうはみえなかったな」

「おや、鶴松と喋りなすったのかい。めずらしいこともあるもんだ。あんた、よっぽど好かれたにちげえねえ。あのでぶ公、人から優しくされるのがでえ嫌《きれ》えな性分でね、舌打ちばっかしてやがる。ほう、そうかい、あんたとね。世の中、妙な組合せがあるもんだ」

念朴はひとりで頷《うなず》き、ふと、我に返った。

「おっと、こうしちゃいられない。婆さんを忘れてた」

後ろでやりあう熊五郎とおさんを残し、ふたりで奥へすすむ。

いつのまにか陽《ひ》は落ち、長屋は鼠《ねずみ》色に沈みかけている。

訪ねたのは、稲荷の祠《ほこら》がみえる小汚い部屋のひとつだ。

油障子の引き戸はあいており、四十年増の女がこっくりこっくりしている。

その脇に煎餅蒲団《ぶとん》が敷かれ、骨と皮だけの老婆が横たわっていた。

「お邪魔するよ」

念朴はにこにこしながら畳にあがり、褥《しとね》に座って老婆の脈をとる。

右手で脈をとりながら、左手でうたた寝をする女の乳をまさぐろうとした。

とんだすけべ野郎だ。

女が目を醒まし、乱れた襟元を掻きよせる。

念朴は重々しく溜息《ためいき》を吐《つ》き、ぼそっとこぼした。

「ご臨終です」

「え、嘘だろ」

六兵衛は、上がり端に手をついた。

わっと、女が泣きだす。

隣近所の連中が、ぞろぞろ集まってきた。

「どうしたい、婆さん、逝っちまったのか」

おびんずるのようにのっぺりとした顔の爺さまが、明るい口調で喋りかけてくる。

紙屑拾いの源助爺だ。

「けっ、でも医者め、またひとり殺しやがったな」

「人聞きのわるいことをぬかすな、このつるっぱげ」

「あんだと、どろぼう髭の藪医者。この福耳がみえんのか、え、何ならよ、ふんどしを脱いでやろうか、え」

ふんどしを脱げば、大名行列がお披露目になるにちがいない。

どうやら、源助爺は念朴と反りが合わないようだ。
爺さまの隣には、手鎖を塡めたしゃくれ顔の男もいる。
危な絵師の富士鷹茄子にちがいない。
口端に皮肉っぽい笑みを浮かべ、ふたりの掛けあいを聞いている。
「さあ、医者は帰えった、帰えった。誰か、葬儀屋を呼んできてやれ」
つるっぱげの源助爺はそれだけ言うと、忙しそうにいなくなった。
しゃくれ顔の危な絵師も、鎖をじゃらつかせながら去ってゆく。
見物人たちはいなくなり、念朴と六兵衛も外へ出た。
——ごおん。
暮れ六つ（午後六時）を報《しら》せる時の鐘が鳴っている。
どぶ板をまたいだ向こうの部屋から、下がり眉《まゆ》の若僧が蒼白《あおじろ》い顔を差しだした。
「あ、おとめ狂いだ。おい、てめえの頭んなかも診《み》てやろうか。ふへへ」
念朴がからかうと、引き戸がぴしゃっと閉まった。
「ふん、閉じこもってねえで、出てこいっつうの」
さては錺職の孝四郎だなと、六兵衛は合点する。
鶴松の落噺を聞いていたおかげで、店子たちの顔と名がぴたりと重なった。

ふと、物悲しい三味線の音色が聞こえてくる。

「艶書《えんしょ》屋のおしまが誘っているようだ。ちょいと、顔を出してみるかい」

念朴の背につづき、油障子に「艶書代筆三味線指南」と書かれた部屋を訪ねてみた。

「ごめんよ」

敷居をまたぐと、艶っぽい三十路年増が手を止め、流し目をおくってくる。

島田くずしに笹色紅《ささいろべに》、わざと襟足の後れ毛をみせ、誰かの女房でもないのに見栄を張って眉を剃《そ》りおとし、これでもかというほどに色気をむんむんさせている。

「おや、幇間医者が何の用だい」

「へへ、木戸番の親分をお連れしたのさ。おめえにどうしても、逢っておきてえらしくてな」

「それはそれは、ご愁傷さま」

「おいおい、死んだのは三軒向こうのおかめ婆さんだぜ」

「知っているさ。ご愁傷さまと申しあげたのは、そちらの御仁が家主の娘に嫌われたって聞いたからさ。ふふ、何なら、艶書でも書いてさしあげましょうか。いっこうに顔をみせない、あのすれっからしのじゃじゃ馬宛《あ》てにね」

念朴が薄く笑った。

「おしまよ、家主の娘に恨みでもあんのかい。十二も年下の娘と張りあっても勝ち目はねえぜ」

「誰が張りあうだって」

「おっと、眸子を逆吊《さかづ》らせたな。こいつはよっぽどの理由《わけ》があるらしい」

「下司《げす》の勘ぐりはよしときな」

念朴とおしまは、真剣な眼差《まなざ》しで睨《にら》みあう。

まるで、盗人仲間が内輪揉《も》めでもしているようだ。

と、そこへ。

ひねくれ者の鶴松が、煎餅を齧《かじ》りながらやってきた。

「木戸番のおっちゃん」

「おう、どうした」

「家主の旦那《だんな》がみえてるよ。おっちゃんを呼んでこいってさ」

「そうか、わかった」

六兵衛は頷き、興味ありげな念朴とおしまに背をむけた。

三

家主の庄左衛門は、薄暗がりにぽつんと座っていた。

目尻の皺《しわ》は深く、歩んできた苦労の跡をしのばせる。

表向きはただの商人《あきゅうど》だが、どういった人生を歩んできたのかは、まったく見当もつかない。

六兵衛は有明行灯《ありあけあんどん》を点《つ》け、逆柱の手前に腰を降ろした。

庄左衛門は笑いもせず、静かに語りかけてくる。

「長屋の連中と少しは打ちとけたかい」

「いいえ、ぜんぜん」

「何か変わったことでも」

「おかめ婆さんが、ほとけになりやしたよ」

「ほう、そうかい。あの婆さん、米寿を超えていたからな、大往生さ。四十路《よそじ》の女が付きそっていただろう。あれは孫娘でね、婆さんの財産目当てに面倒をみておったのさ」

亡くなったのはこの界隈《かいわい》でも有名な因業婆《ばばあ》で、煎餅でひと財産築いた人物らしい。

「六角堂煎餅のことさ。婆さんがやめたいってんで、わたしが秘伝のたれと職人を引きうけた。うん百両も払ってね。口車に乗せられ、煎餅は儲《もう》かると踏んだのさ。婆さんは貯《た》めた金と手にした金を元手に後家貸しをはじめ、ざくざく儲けやがった。ただし、貯めた大金の在処《ありか》は孫娘にも教えなかった。はたして、死に際に喋ったかどうか。あの因業婆のことだ、墓場まで持っていったにちがいない」

庄左衛門は恨めしげな顔で、煎餅をばりばり齧りはじめた。

「くそっ、煎餅なんぞに手え出すんじゃなかった。熟練の職人どもにとんずらされてからは、商いもすっかり左前になっちまってな。今じゃ、木戸番小屋でしけた煎餅を売っているだけさ」

「しけているどころか、黴が生えておりやすよ」

「うえっ、ほんとうだ、ぺっ、ぺっ……金輪際、煎餅なんぞ売るもんか」

庄左衛門は出涸《でが》らしの茶を口にふくみ、ぐじゅぐじゅやって呑《の》みこんだ。

「因業《いんごう》婆のことはどうだっていい。おまえさんに折りいって頼みたいことがある。どうだい、乗ってもらえようか」

「どうだいと言われても、話の中味がみえねえことには」

「中味次第では乗れぬとでも。ほほう、それが婿のとる態度かね。こりゃまいった、とんだ婿を貰《もら》ったもんだ。おや、何かご不満かい」

「別に、ただ」

「ただ、何だ、はっきり言いなさい」

「じゃ、言わせてもらいやす。そろそろ、ちゃんとした婿になりてえなあと」

「ちゃんとしたってのは、どういう意味だ」

「世間並みの婿らしく、してえなあと」

「月々の小遣いまで貰っている今の暮らしじゃ、不満だとぬかすのか」

「いいえ、金のことじゃねえんで」

「おこんのことか」

「ええ、まあ」

「案ずるな。おこんのことなら、目処《めど》がついてきた」

「目処」

「おまえさんとひとつ屋根の下で暮らす心構えが、あれにもようやくできそうだってことさ」

「そいつは、ありがてえこって」

卑屈になっている自分が情けない気もしたが、おこんの気持ちもわからぬではない。なにせ、まだ十八の小娘なのだ。見知らぬ男と暮らすのが恐《こわ》くないはずはなかろう。

「喜ぶのはまだ早いぞ。わたしの頼みに乗れぬと言うなら、おこんはずうっと引きこもったまんまだ」

そりゃねえだろう、あまりに理不尽な仕打ちではないかとも思ったが、六兵衛は条件を呑んだ。

「乗りやすよ。頼みってのは何です」

「最初《はな》から、そう言やいいのさ。まわりくどい男だね」

「すみません」

「じつは、おつねのことだ」

「おつね、誰です、それは」

「菜売りだよ。ここにもよく売りに来ていたはずだ」

「ああ、神田の。おつねさんがどうかなすったので」

「今朝方《けさがた》な、店先でぼろぼろ泣いているから、どうしたのか尋ねたところ、昨夕、押しこみにやられたというのだ。なけなしの二十両を盗《と》られたらしい」

「二十両」

そんなに貯めていたのかと、六兵衛は感心した。

「盗人はふたりだ」

おつねの留守を狙い、逢魔刻《おうまがとき》に押しいった。

娘のおみよは臥《ふ》せっていたが、蒲団ごと隅に追いやられた。雁字搦《がんじがら》めに縛られながらも、頬被《かむ》りをした柿色装束《かきいろしょうぞく》のふたり組を目にしている。盗人どもは畳をひっぺがし、床下の土までほじくりかえしたという。

「金はどこに隠してあったとおもうね」

「さあ」

「漬物壺の底だ」

盗人のひとりが壺を持ちあげ、土間に叩きつけた。

すると、割れた壺のなかから、油紙に包まれた小判が転がりでてきた。

おみよは動顛《どうてん》し、恐くて盗人どもの目をみられなかったが、口許《くちもと》だけはみていた。ふたりは胡瓜《きゆうり》の糠《ぬか》漬けを齧りながら、満足げに頷きあっていたという。

「盗まれた金は、貧乏な母娘《おやこ》にとっちゃ命のつぎにでえじなものさ。ほとんどは、亭主の遺した分だとも聞いた。弱《よ》え者に狙《ねら》いをつけ、なけなしの金を奪いとる。そんな下司《げす》どもが許せるとでもおもうか。ったく、盗人の風上にもおけねえやつらだ」

「今、何と仰《おつしや》いやしたか」

六兵衛が水を向けると、庄左衛門は「盗人の風上」と言いかけ、ことばを呑みこんだ。

射るような眼差しで、ぐっと睨みつけてくる。

「文句でもあんのか、ぐずろ兵衛」

いつもとは打って変わり、どすの利いた口調だ。

おもわず、六兵衛は首を振った。

「べ、別に、文句なんかありやせんよ」

「なら、半畳を入れるんじゃねえ」

「はい。ところで、あっしは何をすりゃいいんで」

「きまってんだろう。十手持ちなら、盗人を捕まえてみな」

一刻も早く捕まえて、盗まれた金を取りかえせと、庄左衛門は息巻いてみせる。

「あの、おとっつあん、ひとつお訊きしても」

「何でえ」

「菜売り母娘のために、どうしてそこまで熱くなりなさるので」

「ぬわに」

庄左衛門はぎょろ目を剝《む》いたが、すぐに冷静さを取りもどした。

「死んだ亭主を知っているのさ。壺振りだったが、義理堅い男でな。義理とふんどしは欠かせねえってのが口癖だった」

「義理とふんどしは欠かせねえ」

「なかなか言える台詞《せりふ》ではないぞ。今ではわたしの座右の銘さ」

「義理とふんどしが座右の銘」

「可笑《おか》しいか」

「い、いいえ」

「亭主もあの世で口惜《くちお》しがっておろう。義理とふんどしのためにも、ひと肌脱がなくてはなるまい」

単純な六兵衛は、庄左衛門の義理堅さに少なからず感銘を受けた。

「承知しやした。あっしでよかったら、いくらでも使ってやってくだせえ」

「遠慮なく使わせてもらうよ。雑巾《ぞうきん》なみに搾ってやるから、覚悟しときな」

「雑巾」

「真に受けるなと言ったろう。この一件さえ片付けば、楽しいことが待っておるぞ。ふははは」

楽しいこと、どうだか。

金歯をみせて大笑する庄左衛門を睨み、六兵衛は眉に唾《つば》を付けた。

四

翌日は朝から薄曇り、六兵衛は神田にやってきた。

哀れな菜売りの母娘は、八ツ小路に近い連雀町《れんじやくちょう》の裏長屋に住んでいる。

連雀町は香具師《やし》が多く住むところだ。日中は閑散としており、教えられた粗末な部屋を訪ねてみると、おつねは留守で、娘のおみよが床に臥せっていた。

六兵衛が敷居をまたいだ途端、おみよは半身を起こし、脅《おび》えた眼差しを向けてくる。

「ど、どなたですか」

「おっと、恐がることたあねえ」

十手を抜いてみせると、おみよはほっと力を抜いた。

みるからに痩《や》せほそっており、顔色も蒼白い。

ただ、十二にしては、大人びてみえる。

「おいらは蛇骨長屋の六兵衛ってもんだ」

「蛇骨長屋なら存じております。商い番屋のお兄さんが親切なおひとだって、おっかさんが言ってました」

「親切なおひとってのが、このおれさ」

「え、ほんとに」

「ああ、おめえたちが困っていると聞いてな、ちょいと顔を出してみたのさ。おめえ、押しいってきた連中をみたんだって」

「覚えてるのは口許だけですけど」

「教えてくれ」

「はい。ひとりは前歯が欠けておりました」

「ほう、前歯が。二本ともかい」

「はい」

「もうひとりは」

「やけに赤くて薄いくちびるでした。あ、そういえば、腰に大小を差してたので、侍かもしれません」

「誰か、おもいあたる者はいねえのかい」

「さあ」

「おっかさんに訊くっきゃねえな。わざわざここに狙いを定めたってことは、貯《たくわ》えがあることを知っていた連中の仕業にちげえねえ。となりゃ、因縁のある連中かもしれねえだろう」

「死んだおとっつあんがむかし付きあってた仲間かもしれないって、おっかさんも言ってました」

「おっかさんは、どうしたい」

「もうすぐ、仕入れから帰ってくるとおもいます」

「今日も稼ぐのか」

「稼ぎがないと、飢《う》え死にするしかありませんから」

あっけらかんと言うので、かえって哀れさが際立ってしまう。

「病気のほうは、どうだい」

「陽に当たると眩暈《めまい》がするんです。不治の病だそうで」

「そっか、てえへんだな」

突如、おみよは取りみだし、蒲団に顔を埋《うず》めた。

「わたし、おっかさんの足手まといなんです。わたしなんかいっそ、盗人どもに殺されちまえばよかったんだ」

「莫迦《ばか》なことを言うもんじゃねえ。おめえが死んだら、おっかさんだって生きちゃいけねえんだぜ」

おみよが、涙で濡れた顔をあげた。

「そうでしょうか」

「そうだとも。人ってのは杖《つえ》みてえなもんだって、ばあちゃんも言ってた」

「杖」

「支えあわなきゃ生きていけねえってこと」

「う……うう」

「泣くなよ」

近づき、肩をさすってやる。

そこへ、おつねがひょっこり帰ってきた。

泣きじゃくる娘をみやり、返す刀で六兵衛を敵意の籠《こ》もった目で睨みつける。

「親分さん、おみよを泣かしたんですか」

「え、ま、まあな」

「おみよがいったい、何をしたっていうんです」

声を荒らげる母親に向かって、おみよは必死に首を振る。

が、しゃくりあげるだけで、喋ることもできない。

しばらくのあいだ、気まずい空気が流れた。

ようやく誤解が解けると、おつねは床に額《ぬか》ずいて謝った。

「事情も知らず、莫迦なことを。申し訳ありません、このとおりです」

「いいってことよ」

「でも、親分さん」

「何だい」

「せっかくのご親切に水を差すようですが、じつは、別の親分さんにご相談してしまいました」

「誰に」

「稲荷の権吉親分です」

「権吉親分か。そいつはまた、何で」

「以前、お世話になったことがあったものですから」

「ひょっとして、ご亭主が亡くなったときのことかい」

「はい。亭主をなぶり殺しにした悪党を、懸命に捜してくれたんです。みつかりゃしませんでしたけど、親身になっていただきました」

「相談したら、親分は何て言った」

「因縁のある連中の仕業だろうって」

「心当たりでもあんのかな」

「権吉親分は仰いました。小仏《こぼとけ》の半三《はんぞう》かもしれねえって」

「小仏の半三、そいつに心当たりは」

「ありません。でも、権吉親分は、きっと捕まえてやるから安心しろって、胸を叩いてくれたんです」

「そうかい。どうやら、おいらの出る幕はなさそうだな」

「すみません。せっかく、お気に掛けていただいたのに」

「いいんだよ。権吉親分のことはよく知らねえが、直に会って折りあいをつけてみよう」

「そうしていただけると、助かります」

おつねは、ほっと安堵《あんど》の溜息を吐く。

「商売のほうは、どうでえ」

「何とか三日分だけ、仕入れのお金を借りることができました」

「たかが知れてんだろうよ」

六兵衛は、袖に手を突っこむ。

「ほら、こいつを受けとってくれ。家主からの見舞金だ」

ささくれだった手に小判を一枚握らせると、おつねはからだを縮めた。

「こ、こんなに、頂戴できません」

「気にすんな。損料屋の蔵にゃ、唸《うな》るほど金があるんだ」

「で、でも」

「世の中、持ちつ持たれつ、困っているときゃおたがいさま」

「ありがとう存じます。何とお礼を申しあげてよいものか」

「それじゃ、また野菜を持ってきてくれ」

「はい」

涙ぐむ母娘を残し、六兵衛は露地のどぶ板を踏みしめた。

仕切りが面倒になってきたが、権吉には会っておこう。

きっと、何か知っているにちがいない。

そんな気がした。

五

稲荷の権吉は、浅草八間町《あさくさはっけんちょう》の自身番を根城にしている。

雷門の門前大路を南へ五町（約五百四十五メートル）ほどすすんだところで、隣には清水《しみず》稲荷があった。

それゆえ、稲荷の異名で呼ばれる権吉であったが、両鬢《りょうびん》を細長く伸ばした吊り目の顔も狐に似ている。年は三十路のなかば、ちょうど脂の乗ったあたりの御用聞きで、みるからに自信ありげ、横柄な印象をぬぐえない。

年下の六兵衛にしてみれば、話しづらい相手ではあった。

狭苦しい自身番を訪ねてみると、権吉は衝立《ついたて》の向こうでひとり、茶を啜《すす》っていた。

「お邪魔しやす」

「ん、みたことのある面だな」

「蛇骨長屋の六兵衛と申しやす」

「知ってるぜ、海苔屋のぐずろ兵衛だろう。損料屋の婿に入《へ》えったはいいが、娘といっしょに住まわしてもらえねえ。ぶへへ、妙ちきりんな造作の木戸番小屋でしけた煎餅を売るしか能のねえ野郎だ、ちがうか」

「そのとおりでやんす」

「ふん、怒りもしねえ。噂どおり、情けねえ野郎だぜ。浦島さまもこぼしておられる。このままじゃ、ぐうたらにいっそう拍車が掛かるとな」

嘘だとおもった。浦島平内は、その場にいない者の悪口はけっして言わない。

「で、ぐずろ兵衛が何用でい」

「菜売りの母娘の件でやんす」

「ああ、それかい。何でおめえが首を突っこむ」

「おつねさんから、いつも野菜を買っているもんで」

「それだけか。けっ、ぐずろ兵衛はとんだお節介焼きらしい」

「どうとでもおもっていただいて結構でやんすよ」

「いってえ、おめえに何ができる」

「さあ」

「どっちにしろ、おつねは泣き寝入りするっきゃねえな」

「どうしてです」

「押しこみ狼藉《ろうぜき》をやる輩《やから》なんざ、このお江戸に掃いてすてるほどいるんだぜ。いいや、そいつらはもう、江戸からとんずらしちまったかもしれねえ。菜売りの母娘はな、不運だったとあきらめるしかねえのさ」

六兵衛は顔色も変えず、淡々と訊いた。

「小仏の半三ってのは何者で」

「ん、何でその名を……さては、おつねが喋ったな。ふん、余計なことを」

「親分、教えてくださいよ」

「しょうがねえな。小仏の半三ってのはよ、八王子《はちおうじ》出身の賭場荒らしさ」

「おつねの亭主殺しとも、関《かか》わりがあるんでやしょう」

「そうよ。おつねの亭主は指長《ゆびなが》の伊代治といってな、器用な壺振りだった。半三に抱きこまれていかさま博打の片棒を担いでいやがったが、あるとき、嫌気が差してすがたをくらましたのさ。ところが、何年か経って不運にもみつかっちまってな、元の鞘《さや》に戻れと脅された。そいつを断ったあげくが、半三と仲間にぼこぼこにされたってわけだ。もう三年もめえのはなしだが、神田川の淵に捨てられたほとけのことは忘れられねえ」

伊代治は顔を潰《つぶ》されており、本人かどうかも判別できないほどであったという。

「霜の張った凍えるような朝だった。駆けつけたおつねは亡骸《なきがら》に縋《すが》りつき、いつまでも泣いていやがったぜ」
権吉はそれから三月《みつき》余り、必死になって半三の行方《ゆくえ》を追った。
が、ついに、みつけることはできなかったという。
「甲州街道《こうしゅうかいどう》から、地縁のある八王子のほうへ逃げたにちげえねえ。いちおうは行って
みたさ、八王子から青梅《おうめ》のほうへも足を延ばしてはみたが、無駄足に終わっちまっ
た」
「なるほど、やることはやったってことでやすね」
「ああ、そんときに作らせた人相書きを覚えていたのさ。半三は前歯が二本欠けてい
る。おみよが目にした盗人のひとりは、半三にまちげえねえ。たぶん、三年も経って
伊代治のことをおもいだしたんだろうさ。小金を遺しているにちげえねえと踏み、ひ
ょいと立ちよってみたってわけだ」
「盗人の勘は当たったた。菜売りの母娘にとっちゃ二十両は大金だ」
「半三なら、そいつを博打に注ぎこみ、たった一晩ですっちまったかもしれねえな」
「まいっぺん、捜さねえんですかい」
「正直、その気はねえ。おつねにゃわりいがな」
「どうしてです」

「だから、半三をみつけだすのは至難の業なんだよ。それにな、おれは忙しいんだ。白狐の一味を捜さなくちゃならねえ」

「白狐」

「おや、知らねえのか。おもった以上のぐず野郎だな、おめえは。札差の伊勢屋が蔵荒らしに遭ったのは知ってんな」

「へい」

「また出やがったのさ」

五日前の深更、日本橋三丁目の薬種問屋《やくしゅどいや》が蔵荒らしに見舞われた。

「盗まれたな、札差のときと同じ二百両だ。千両箱が山と積んであったのに、たった二百両だけ盗んでいきやがった」

蔵の柱に白狐の護符《ごふ》が打ちつけられてあったらしい。

護符の表には墨書きで「義賊見参、驕《おご》れる者久しからず」とあった。

「調子に乗っていやがる。狐と聞いたら黙っちゃいられねえ。なにせ、おれは稲荷の権吉だぜ」

権吉は根拠もなく、執念を燃やしているようだ。

「おめえがぐうたらしているあいだも、世の中はどんどん動いてる。町方は上から下まで、躍起になって白狐を捜してるんだぜ。だからよ、小仏の半三に関わってる暇なんざこれっぽっちもねえのさ。やりたけりゃ、勝手にやりな。でもな、このおれがあれだけ必死になっても、捜しあてることができなかったんだぜ。まず、おめえにゃ無理だよ」

何を言われても腹は立たない。柳に風と受けながすことはできる。

小仏の半三を捜しだす手懸かりは、これ以上、得られそうになかった。

六

数日はまた、雨を眺めて過ごした。

端午の節句も過ぎ、銭湯の湯船からは菖蒲の葉も消えた。

逆柱にもたれてうたた寝をしていると、幇間医者の念朴が顔を出した。

「もし、いつまで寝ていなさる」

「ん、何か用か」

「お上の御用をうっちゃっていいのかい。巷間《こうかん》じゃ白狐の噂で持ちきりだよ。世知辛い時世だ。おもしれえことなんざひとつもねえが、唯一、白狐だけが救いってもんだ。

義賊だぜ、義賊、嬉《うれ》しいじゃねえか。狙う相手は暴利を貪《むさぼ》る商人ばかりだ。といっても、蔵を空にするわけじゃねえ。盗むのはたったの二百両だって、身の程をわきまえているんだよ。聞くところによれば、白狐の一味にゃ厳しい掟《おきて》があるらしい。教えてやろうか」

「ああ」

面倒臭そうに返事をすると、念朴は神妙な顔で喋りはじめた。

「ひとつ、秘密をばらしてはならぬ。ひとつ、人を殺してはならぬ。ひとつ、仲間を見殺しにしてはならぬ。ひとつ、貧乏人から盗んではならぬ。ひとつ、公儀のものに触れてはならぬ。以上、五つの掟さ。どうだい、立派な心懸けじゃねえか。頭目はよほどの締まり屋にちげえねえ」

「盗人は盗人だとおもうがね」

「いいや、白狐は世直し大明神さ。長屋の連中も、みんなそう言ってるぜ」

長屋の連中からして、怪しいやつらばかりだ。

「んで、何の用」

「お、そうそう。家主さまからの言伝《ことづて》でね。おめえさんを、とあるところへご案内せよと仰るのよ」

「どこだい」

「行きゃわかる」

表へ出ると、小雨のそぼ降るなか、一挺《ちょう》の辻駕籠が待っていた。

「へへ、ども」

ぺこりとお辞儀してみせるのは、鶴松の父親の熊五郎だ。

かたわらには、おさんが腕組みでふんぞりかえっている。

「おめえら夫婦もいっしょかい」

「家主さまに言われやしてね。夫婦の駕籠屋がぴゅっと運んでさしあげやすよ。さ、乗った乗った」

おさんが先棒を担ぎ、熊五郎が後棒にまわる。

茣蓙を垂らしただけの四つ手駕籠はふっと浮き、軽快に走りだした。

「眠っても構いやせんぜ」

駕籠脇から、念朴が声を掛けてくる。

六兵衛は下げ紐《ひも》を握って揺られながら、さまざまに考えをめぐらせた。

おこんのこと、蛇骨長屋の連中のこと、哀れな菜売り母娘と小仏の半三のこと。

頭を使おうとすればするほど、毎度のように眠くなってくる。

不忍池《しのばずのいけ》に近づいたあたりで、ぐうすか鼾《いびき》を掻きはじめた。
ふと気づけば、雨は上がっている。
駕籠は幅の広い堀端を走っていた。
もちろん、不忍池は遥《はる》か後方にある。
脇を行く念朴は、西陽が眩《まぶ》しそうだ。
駕籠は西に向かってすすみ、やがて、賑《にぎ》やかな宿場に踏みこんだ。
「おさん、馬糞《まぐそ》を踏むんじゃねえぞ」
「あいよ」
駕籠かき夫婦が、後ろと前で声を掛けあう。
大路には荷馬が行き交い、そこらじゅうに糞を落としている。
内藤新宿《ないとうしんじゅく》だなと、六兵衛は察した。
さきほどの川は、玉川上水《たまがわじょうすい》であろう。
ずいぶん、遠くまでやってきたものだ。
四つ手駕籠は追分《おいわけ》に差しかかり、北の青梅街道ではなく、南の甲州街道へ折れた。
高札場《こうさつば》を抜け、千駄《せんだ》ヶ谷《や》から代々木《よよぎ》へ向かう。
周囲は田畑のひろがる見晴らしの良いところで、右手の奥にはこんもりとした杜《もり》がみえた。

「角筈《つのはず》の十二社《じゅうにそう》か」

春先になると、おはまばあさんと七草摘みに訪れる熊野《くまの》権現社《ごんげんしゃ》だ。

暮れゆく空に、杜は深い陰翳《いんえい》を映している。

代々木を過ぎて左手に曲がり、玉川上水に架かる木橋を渡った。

対岸には、大名屋敷の海鼠《なまこ》塀がうねうねとつづいている。

駕籠は塀の角を曲がり、裏木戸のそばで止まった。

念朴が近づいてくる。

「さあ、着きやしたよ」

「ここは」

「土井《どい》備前守《びぜんのかみ》さまの下屋敷ですけど、この際、誰の屋敷かなんてどうでもいい。さ、めえりやしょう」

熊五郎とおさんをその場に残し、六兵衛は念朴の背につづいた。

すでに陽は落ち、あたりは薄暗くなっている。

裏木戸のそばには折助《おりすけ》(中間《ちゅうげん》)が立っており、念朴が交渉して袖の下を渡すと、あっさり入れてくれた。

潜り戸を抜けると篝火《かがりび》が点々と焚《た》かれ、勝手口へつづいてゆく。

六兵衛には合点《がてん》できていた。

「鉄火場か」

「ご名答。この界隈にある下屋敷の中間部屋はぜんぶ鉄火場でね、ここを探りあてるのは苦労したんだよ」

本音をぺろっと漏らし、念朴は勝手口に身を入れる。

下足番の小者《こもの》をつかまえ、案内を請うた。

六兵衛は雪駄を脱ぎ、黙ってついてゆく。

無論、十手持ちの来るようなところではない。

廊下を渡って奥の大広間までやってくると、人いきれと紫煙で噎《む》せそうになった。

盆茣蓙を囲んだ客たちの眼差しは真剣そのもの、こちらに気を向ける余裕もない。

衝立の向こうで煙管《きせる》を燻《くゆ》らしているのは、新宿の地廻《じまわ》りであろうか。

ごろつきの元締めが胴元となり、大名屋敷の軒下を借りて博打を開帳しているのだ。

博打は法度だが、町方風情に大名を取りしまることはできない。大名は苦しい台所を潤すべく、上納金めあてに場所を貸す。お上は黙認するしかなかった。

諸肌《もろはだ》脱ぎの壺振りが壺を振ると、丁半の掛け声と駒札《こまふだ》を置く音が錯綜する。

念朴は駒札を抱え、盆茣蓙の端に座った。

そうやって遊びながらも、油断なく周囲に目を配っている。

賽《さい》の目が当たると、子どものようにはしゃぎ、さらに小さく賭けた。

舌舐《したな》めずりしてみせ、さっそく小さく賭《か》ける。

「へへ、久しぶりだぜ」

誰かを捜しているようだ。

四半刻《しはんとき》（三十分）ほど経ち、念朴は負けはじめた。

負けがこむと熱くなり、大きく張って墓穴を掘る。

「くそっ、おもしろくもねえや」

地金を出して悪態を吐き、駒札を使いきる。

と、そこへ、新たな客がやってきた。

小狡《こずる》そうな眸子の五十男だ。

念朴が膝《ひざ》を突っついてくる。

「みてみな」

男は衝立の向こうと挨拶を交わし、にっと笑いかけた。

「あ」

前歯を二本とも欠いている。

小仏の半三か。

目顔で尋ねると、念朴はじっくり頷いた。

稲荷の権吉でさえ探索をあきらめた相手を、いったい、どうやってみつけだすことができたのか。

疑念はわいたが、今は半三を捕らえることが先決だ。

「さ、出ようぜ」

念朴に促され、六兵衛は尻を持ちあげた。

七

二刻(四時間)余りが経ち、亥《い》の四つ半(午後十一時)を過ぎたころ、雨がぱらぱら落ちてきた。

六兵衛は念朴ともども肩を濡らしつつ、天水桶《てんすいおけ》の陰に身を隠している。

熊五郎とおさんは塀際に控え、すでに何人かの客をやり過ごしていた。

ふたりは駕籠脇に屈み、揃って煙管を吹かしている。

「ほんま、けったいな夫婦やで」

念朴が震えながら口走った。

「ひとことも喋らんかて、いっしょに何刻も過ごすことができるんや」

六兵衛は頷き、水を向けた。

「おまえさんは、ずっと独り身かい」

「ん、わてか」

念朴は、恨めしそうに雨粒を睨む。

「ひとりだけおったな。島原の格子女郎や。遊びのつもりで通っておるうちに情が移ってしもうてな。よし、この妓《こ》を身請けしたろおもうて、しゃかりきに稼いだわ。へへ、どうやって稼いだかは教えられへんけどな。三年掛かりで樽代《たるだい》を貯め、それをぜんぶ携えて妓楼《ぎろう》に揚がったのや。おまはんを幸せにしたる、黙って従《つ》いてこい言うたら、やんわりと断られた。なんでや、なんで断るのん」

どうしようもない怒りが込みあげ、有り金をぜんぶ畳にぶちまけ、見世を飛びだしたのだと、念朴は涙ながらに訴える。

「三日目の夜やった。妓楼の花車《かしゃ》がわてのぶちまけた金を携え、わざわざ訪ねてきたんや。身請けしようおもうた妓が血を吐いて死んだと伝えられ、頭が真っ白になってしもうた。どうやら、胸を病んでいたらしい。自分でも永くはないと察しておったから、身請話を受けられへんかったんや」

花車は遺言を伝えてくれた。

「ありがとうやて、自分のようなものを好いてくれて、ほんまに嬉しかったやて……おおきに、おおきにとな、いまわに泣きながら訴えよったそうや……堪忍やで、二十年もむかしの話やが、おもいだすだに泣けてきよる。くうっ、酒が呑みとうなったわ」

小仏の半三を捕まえたら、とことん付きあってやろうと、六兵衛はおもった。

すると、話の終わりを待っていたかのように、裏木戸が音もなく開いた。

龕灯《がんとう》の光につづいて、小仏の半三がひょっこり顔を出す。

熊五郎が立ちあがり、つつっと近づいた。

駕籠のほうに誘《いざな》うと、半三は頷いて歩きだす。

おさんに龕灯を預け、そのまま駕籠に乗りこんだ。

「へへ、うまく掛かりやがった」

念朴が薄気味悪く笑う。

駕籠が浮きあがり、ゆっくりすすみだした。

六兵衛と念朴は物陰から離れ、駕籠尻を追う。

菜売りの母娘を襲ったのは、半三ひとりではない。

仲間がいる。おみよがみたかぎりでは、二本差しのようであった。

その男の素姓と居場所もつきとめねばならない。ゆえに、半三を罠《わな》に掛けた。

四つ手駕籠は玉川上水を渡り、甲州街道を東へ戻り、追分から宿場にはいった。

閻魔《えんま》堂《どう》で知られる太宗寺《たいそうじ》の門前を過ぎて下町へすすみ、水番小屋の手前を左に曲がる。さらに、瘤寺《こぶでら》の異名をもつ自証院《じしょういん》の門前を東へ突っきり、市谷《いちがや》谷町から念仏坂下へ向かった。

あたりは切通しのような物淋しい窪地《くぼち》で、芥《ごみ》の捨てられた火除地《ひよけち》なども見受けられる。

蠢《うごめ》く黒山に目を凝らすと、羽を濡らした鴉《からす》どもが芥を漁《あさ》っているところだった。

念仏坂の坂下に、軒行灯がぽつんと下がっている。

駕籠は妖《あや》しい光に誘われ、朽ちかけた宿の入口で止まった。

半三は酒手を払い、潜り戸の向こうに消えてゆく。

六兵衛と念朴は、顔を見合わせた。

「あの宿、盗人宿かもしれへんど」

「ちげえねえ」

盗人宿とは、盗人どもの集う隠れ家のことだ。

熊五郎とおさんが、空駕籠を担いでやってくる。

「盗人宿だぜ」

と、熊五郎も吐きすてた。

「どないしょ」

念朴は逃げ腰になる。

もちろん、おいそれと踏みこむわけにはいかない。

おさんはそっぽを向き、念朴と熊五郎は黙りこむ。

自分たちの役目は、ここまでだとでも言いたげだ。

無理もない。相手は人殺しをも厭《いと》わぬ悪党なのだ。

ここからさきは、肚《はら》を決めてかからねばなるまい。

念朴が促した。

「なあ、婿さん、いや、六兵衛親分、どうするね。いったん帰《け》えって、家主さまにでも相談するかい」

「いいや、そいつは面倒だ」

「だったら、どうするね」

「踏みこんでみるかな」

我知らず、無謀な台詞が口を衝《つ》いて出る。

いざとなると肚が据わってしまうから、自分でも不思議だ。厄介でもある。

「わるいことは言わねえ、やめとけ」

念朴が止めるのも聞かず、六兵衛は歩きだした。

雨は激しさを増し、踝《くるぶし》のあたりまで水に浸《つ》かってしまう。

六兵衛は軒行灯の下まで歩みより、拳《こぶし》を固めて木戸を敲《たた》いた。

しばらくして、わずかに木戸が開き、目鼻立ちの整った三十路年増が隙間に顔を覗かせた。

「どちらさま」

「道に迷った者で」

「一見《いちげん》さんはお断りだよ」

「怪しいもんじゃねえ。ここが盗人宿だってこともわかってる」

「その道のおひとかい」

「ああ、ちょっくらもちさ。夢枕《ゆめまくら》のそばで小金を盗む邯鄲師《かんたんし》だよ」

木戸が開き、内へ招かれた。

ちらっと後ろを振りむいたが、雨中に三人のすがたはない。

急に心細くなったものの、引きかえすことはできなかった。

「前払いだよ」

「いくらだい」

「三百文」

「高《たけ》えな」

「嫌なら、とっとと帰えんな」

女は袂をつかみ、右手を差しだした。

長い指だが、荒れている。

美人だが、顔も窶《やつ》れてみえた。

銭を手渡すと、囲炉裏のある大部屋へ案内された。
五、六人のごろつきが屯《たむろ》している。
夜も遅いので、鼾がうるさい。

起きているのは、ふたりだけだ。

囲炉裏のそばで、濁酒《どぶろく》を酌み交わしている。

ひとりは、半三であった。

もうひとりは、眉の薄い浪人者だ。

ぐい呑みを舐める唇《くち》もとは薄く、やけに赤い。

まちげえねえ。

裏長屋に押しいった野良犬だなと、六兵衛は察した。

「よう、でけえの、こっちへ来な」

半三が気さくに声を掛けてきた。

囲炉裏端へすすむと、ぐい呑みを袖で拭《ぬぐ》って寄こす。

濁酒をなみなみと注ぎ、上目遣いに笑ってみせた。

「さあ、呑め」

「へ、ども」

六兵衛はぐい呑みをかたむけ、一気に流しこむ。

「ほう、なかなかの呑みっぷりだ。気に入ったぜ」

また注がれ、一気に流しこむ。

熱いものが臓物にしみわたり、良い気持ちになってきた。

「おめえとは、初対面のような気がしねえ。どこかで逢ったよな」

「いいえ、そちらのお顔は存じあげやせんが」

「おもいちげえか。ところで、おめえ、何やってる」

「へ、ちょっくらもちを」

「ふん、つまらねえことをやってやがる。稼ぎなんざ、たかが知れてんだろうよ」

「へえ、まあ」

半三だけが喋り、浪人者は黙って呑んでいる。

「どうせなら、どでけえヤマを踏んでみねえか」

「え」

「その図体と若さがありゃ、恐いもんなしだぜ」

おもわぬ展開になってきた。

「どうしても、ひとり足りねえんだ。力のありそうなのがな。この盗人宿へやってきたのも、ちょうどいいやつを捜すためだったのさ」

「稼ぎは、どの程度になりやすか」

「そうよな、低く見積もっても五十両、いや、百両くれてやってもいい」

「ひゃ、百両」

「そうよ。どでけえヤマだって言ったろう。そこに寝てる連中も仲間だ。おめえも入れりゃ、ぜんぶで七人になる」

「兄ぃ、いってえ、何をやりゃいいんです」

六兵衛は身を乗りだし、やる気をみせた。

「へへ、そうこなくっちゃ。なあに、少々危ねえ橋を渡ることにゃなるが、人は殺さねえし、殺される恐れもねえよ。どうでえ、やるかい」

「へい」

おもわず、乗ってしまう。

こうなったら、流れに身を任すしかない。

「おめえ、名は」

「六兵衛と申しやす」

正直に名乗った。隠しても仕方ない。

「おれは小仏の半三ってもんだ。こちらは真鍋銑十郎《まなべせんじゆうろう》さま、八王子の千人同心だったおひとさ。ふふ、馬庭念流《まにわねん》の達人だぜ。下手に近づくと、ばっさり殺《や》られるから気いつけな」

姓名を明かされた浪人者が、ぎろっと半三を睨みつける。

「小仏の、ちと喋りすぎだぞ」

「へへ、でえじょうぶですよ。あっしはこの道うん十年の盗人だ。敵味方の区別は一目でつきやす。へへ、六兵衛はどうみても十手持ちじゃねえ。ほら、ぼけっとした間抜け面でやしょう。枕探しの邯鄲師ってのはたいてい、こういった面をしているんでさあ」

「ふうん、そんなものか」

「ご納得いただいたところで、今宵《こよい》はおひらきといたしやしょう。なにせ、明日は早《はえ》え」

「そうだな」

ごろりと手枕で横になると、雨の音がやたらに大きく聞こえてきた。

六兵衛は、虎穴《こけつ》に入ったことを悔やんだ。

八

翌日は朝未《あさまだ》きから起こされ、降りつづく雨中に連れだされた。

泥濘《ぬかるみ》と化した谷底を抜けだし、武家地を縫うように北西へ向かう。

戸山《とやま》の尾張《おわり》屋敷を左手に眺めながら、穴八幡《あなはちまん》の脇道を抜け、高田馬場《たかだのばば》も通りすぎ、神田川に架かる姿見橋《すがたみ》を渡った。

仲間とだけ紹介された四人が途中で抜け、姿見橋の手前で真鍋銑十郎も消えた。

六兵衛は何も知らされぬまま、半三の背中に従いてゆくしかない。

左手には氷川神社《ひかわじんじゃ》、右手前方には南蔵院《なんぞういん》、なだらかな坂道からのぞむことのできる風景は、寺社の杜と田畑だけだ。

夜明けを過ぎても、あたりは薄暗い。

雨雲は低く垂れこめ、毛のような雨が降りつづく。

鉤《かぎ》の手に曲がったさきへすすむと、砂利場《じゃりば》に行きついた。

十余人の男たちが、汗みずくになって立ちはたらいている。

みな、荷車に砂利を積み、勾配《こうばい》のきつい坂道を登っていた。

坂は雑司ヶ谷《ぞうしや》へ通じる宿坂《しゅくざか》で、清戸道《きよとみち》と交わる頂部まで四、五町はある。

荷車は坂上に建つ砂利小屋とのあいだを、何往復もしているようだった。

「おめえにゃ今日一日、砂利運びをやってもらう。一日やりゃ一朱は稼げるがな、おめえにやってもらうことは別にある。今はまだ明かせねえが、砂利運びが本番で役に立つ。どうでえ、やれるか」

「へい」

「よし、途中で逃げたら、百両も逃げていくぜ。それにな、下手な動きをすりゃ、すぐにわかる仕組みになってんだ。へへ、陽が落ちたら迎えに来てやる。それまでは坂道を往復してな」

「ひとつだけ、教えてくだせえ」

「何だよ」

「ヤマを踏むのは今晩ですかい」

「ああ、そうだ。この雨はとうぶん降りつづく。月星のねえ梅雨の晩は、盗人にとっちゃ稼ぎどきだろうが」

「へい」

「おめえもこれを潮に、ちょっくらもちから足を洗うんだな。盗人の端くれなら、でけえことをやりな。へへ、今晩が楽しみだぜ」

六兵衛は坂上の砂利小屋で黒鍬者《くろくわもの》の頭《かしら》に引きあわされ、荷車をあてがわれたうえで、すぐさま作業に取りかかるよう指示された。

「ほんじゃな、気張ってやれよ」

半三は小馬鹿にしたように笑い、姿見橋のほうへ去ってゆく。

六兵衛は見よう見まねで砂利を掻きあつめ、荷車に積みこむ。

そして、坂道に挑んだが、予想以上に手強《てごわ》いことがわかった。

急なうえにぬかるんでおり、おもうようにすすめないのだ。

それでも、何往復かするうちに、要領もつかめてきた。

六兵衛は何も考えず、坂道を往復しつづけた。

ときの経つのも忘れて没頭したが、正午が近づくころには、へとへとになっていた。

黒鍬者の頭が鞭《むち》を携えてあらわれ、大声を張りあげる。

「昼飯は抜きだぞ。銭が欲しくば働け」

誰もがみな、黙々としたがった。

「ふう、めえったな、こりゃ」

六兵衛は砂利のうえに寝転がり、大の字になった。

雨粒をごくごく呑んでいると、おちょぼ口の浪人者が覗きこんできた。

年は四十前後、眉は一本に繋がり、小さい目をしょぼつかせている。

はじめて目にする面だ。

「よう、助っ人にきてやったぞ」

「え」

「起きるな。そのまま聞け。ほかの連中がみておる」

「おめえさん、誰だい」

「兵藤氷室之介」

どこかで聞いたことのある名だ。

「蛇骨長屋の店子だよ」

「あ」

鶴松の落噺にあった「うっそり殿」だ。

「賭場から賭場を渡りあるく用心棒とは名ばかりで、心得田圃と胸叩き、抜いた刀は赤鰯、大根まともに切れやせぬ」

「何じゃ、そりゃ」

「おめえさんのことだ」

「ふん、そうかい。わしはな、家主どのに頼まれてやってきたのだ。二年も家賃を払っておらぬゆえ、頼まれれば断れぬ。ふっ、弱い立場でな。ところで、おぬし、こんなところで何をやっておる」

「みりゃわかるでしょ。砂利運びでやんすよ」

「だから、何で砂利なんぞを運ぶ」

「悪党に命じられたもんでね」

「命じられたらやるのか。牛か馬みてえだな」

皮肉を口走りながらも、氷室之介は諸肌脱ぎになった。

上背があるので分厚い胸板を想像したが、とんでもなく痩せており、肋骨《あばらぼね》が浮きでている。

「あの、旦那、何をなさるので」

「砂利運びにきまっておるだろう」

「どうして旦那が」

「助っ人に来たと言ったではないか」

氷室之介は荷車に砂利を積み、ふらつく腰つきで引きはじめた。

何とも、心もとない助っ人だ。

馬庭念流とやりあったら勝ち目はねえなと、六兵衛はおもった。

はたして、氷室之介が坂上に達したかどうかはわからない。

なにしろ、坂下の砂利場には二度と戻ってこなかった。

九

小仏一味の狙いは、戸山の尾張藩下屋敷にあった。

御三家筆頭にもかかわらず、中間部屋では毎夜のように賭場が開帳されていた。

すでに、亥の刻（午後十時）をまわっている。

あいかわらず、雨は熄む気配もない。

六兵衛は半三とともに、畳五帖分はあろうかという盆茣蓙を囲んでいた。

胴元は村雨《むらさめ》の桑蔵《くわぞう》、内藤新宿一帯を牛耳《ぎゅうじ》る地廻りの親分だ。それだけに博打の規模は大きく、少なく見積もっても一晩で数百両のあがりはあると目されていた。

半三の狙いは、博打のあがりではない。

毎日手仕舞いの寅《とら》の刻（午前四時）になると、儲けの一部が寺銭として下屋敷の金蔵へ納められる。

さすがに御三家の下屋敷ともなると、金蔵には小判が唸っており、それをごっそり頂戴しようというのが一味の狙いだった。

「な、でけえヤマだろ。お宝の詰まった木箱を盗めるだけ盗んでやるつもりだ。そいつを運ぶのに、おめえの力が要るってわけさ」

賭場荒らしらしい大雑把な企てだが、できると踏んだのには理由《わけ》がある。

下っ端の鍵役人をひとり、仲間に引きいれてあった。

「そいつの手引きで事をすすめる」

半三は盆茣蓙に駒札を置き、威勢良く「半」と発した。

「丁半、駒揃いやした。入えりやす」

中盆の合図で、壺振りが壺を開ける。

「六六《ちようろく》の丁」

「けっ、また重目《ちようめ》かい。へへ、今日はついてねえや」

半三は吐きすてる。

賽の目はさきほどから、丁目がつづいていた。

盆茣蓙の端では、真鍋銑十郎が苦虫を嚙《か》みつぶしたような顔で座っている。

ほかの四人もてんでんばらばらに盆茣蓙を囲み、適当に駒札を賭けていた。

網代《あじろ》に編んだ衝立の向こうでは、目つきの鋭い四十男が煙管を燻らしている。

半三が話しかけてきた。

「あの野郎が若衆頭の弥助《やすけ》だ。九寸五分《くすんごぶ》の異名をもつ人殺しでな、野郎が寺銭の受け渡しを直にやる」

ときの経過とともに、一味の面々は櫛《くし》の歯が抜けるように消えていった。

子《ね》の刻（午前零時）を過ぎても賭場は盛況でありつづけた。

客のなかには、商家の手代もいれば、渡り中間もいる。

丑《うし》の刻（午前二時）になると、負けがこむ連中が大勢出はじめた。

勝っているのはひとりかふたり、そいつらはたいてい、さくらときまっている。

賽子《さいころ》には小細工がほどこされていた。餅と称する鉛入りか、角に小針を仕込ませた平飛《ひらとび》であろう。どっちにしろ、いかさま博打だ。そうでなければ、胴元が儲かるはずもない。

寅の一点（午前四時ちょうど）、賭場はおひらきとなった。

すでに、真鍋のすがたもない。

半三はすってんてんになり、悪態を吐きながら立ちあがった。

「くそったれ、しけた盆だぜ」

すべては算盤《そろばん》ずくだとでも言わんばかりに、片目を瞑《つむ》ってみせる。

六兵衛は半三につきしたがい、大広間から離れた。

途中で厠《かわや》に行くふりをし、ふたりで床下に潜りこむ。

四半刻ほど経過すると、あたりはしんと静まりかえった。

「さ、そろりとゆくぜ」

ふたりは床下から這《は》いだし、頭に蜘蛛《くも》の巣をくっつけたまま、大部屋へ立ちもどる。

大部屋では弥助の指示のもと、銭金が素早くとりまとめられ、寺銭の仕分けも終わっていた。

壺振りもふくめて乾分《こぶん》は五人、ひとりも殺さずにどうやって金を奪いとるのか、六兵衛は首を捻《ひね》った。

そのとき。

すぐ脇を黒い旋風が擦りぬけ、大広間に躍りこんでいった。

真鍋銑十郎だ。

なぜか、白狐の面を付けている。

「ふん」

白狐は刃を抜くや、弥助を一刀で斬《き》りふせた。

「ぎぇっ」

鮮血が散る。

乾分どもは呆気《あっけ》にとられ、声も出せない。

「喋ったら斬るぞ。目を瞑れ。頭を抱えて膝を折るのだ」

真鍋の発する声は低く、凄味《すごみ》があった。

誰ひとり、抵抗するものはいない。

「よし、やつらを縛りあげろ」

白狐の面を付けた仲間が三人あらわれ、さっそく乾分どもに目隠しをしはじめる。

「おめえも面を付けろ」

六兵衛も、半三に狐面を手渡された。

「おれたちはな、世間でちやほやされている白狐の一党になりすます。どれだけ義賊を気取ろうが、所詮《しょせん》、盗人は盗人、そいつを世間のやつらに知らしめてやるのさ。ぐふふ」

面のしたで、半三は薄気味悪く笑った。

白狐どもは、水際だった動きをみせる。

地廻りの乾分たちは目隠しと猿轡《さるぐつわ》を塡められ、荒縄でひとくくりにされた。

弥助の屍骸《むくろ》も片づけられたが、血の臭《にお》いだけは容易に消すことができない。

半三は面を外し、銭袋を抱えた。

「へへ、いつもなら手仕舞いにするところだが、今日はこっからが本番だ」

真鍋も面を外し、縛られた乾分のひとりに付けてやる。

と同時に、白刃を抜きはなつや、峰に返して首筋を打った。

乾分は気を失い、かくんと首を落とす。

鮮やかな手並みだ。

ほかの乾分もやつぎばやに首筋を打たれ、昏倒《こんとう》するや、白狐の面を付けられた。

「夜が明けるまで、ここには誰も来ねえ。朝になったら、屍骸がひとつと白狐が五匹、転がされてるって寸法だ」

悪夢をみているようだった。半三のことばを上の空で聞きながら、六兵衛はとんでもない企てに関わったことを後悔していた。

「さあ、第二幕のはじまりだぜ」

半三は手下に銭袋を持たせ、長い廊下を渡りはじめた。

敷地は十四万坪もある。とんでもない広さだ。

が、あらかじめ、金蔵までの行き方は調べてあった。

起点となる中間部屋は西端にあり、金蔵は北東の鬼門に置かれている。

くねくねと曲がった外廊下で繋がっており、途中で番人に誰何《すいか》されることもない。

六人は地廻りを装い、堂々と金蔵までやってきた。

鍵番の役人はふたりしかおらず、どちらかひとりは味方に引きいれてある。

「寺銭をお持ちいたしやした」

半三が声を掛けると、屈強な番人が顔をみせた。

「ん、弥助はどうした」

「へい、ちょいと癪《しゃく》が」

言ったそばから白刃が伸び、番人の胸に突きささる。

「ぬぐっ」

真鍋がさっと身を寄せ、番人の口をふさぐ。

背中まで刺しつらぬき、刃を引きぬいた。

ぶしゅっと、夥《おびただ》しい鮮血が噴きだす。

六兵衛は、石地蔵のように固まった。

「さあ、金蔵だ。手っとりばやく済ませようぜ」

半三の合図で、石臼《いしうす》のような扉がひらいた。

金蔵のなかに、蒼褪《あおざ》めた鍵番が立っている。

みてくれは立派だが、肝の小さそうな男だ。

「ぐずぐずするな、案内しろ」

半三は眸子を逆吊らせた。

金蔵は奥行きがあり、甲冑《かっちゅう》だの刀剣だのも納めてある。

鍵番は手燭《てしょく》を掲げて先導し、片隅の暗がりを指差した。

「お、あれか」

金箱が無造作に積まれてある。

半三は小判だけが詰めこまれた箱を選びだし、みずからも二箱抱えた。

「よし、ずらかるぞ」

鍵番もふくめた七人が、各々二箱ずつ担ぎあげた。

千両箱ではなく、三百両とか五百両入りの箱だが、すべてに小判が詰まっていると仮定すれば、少なく見積もっても五千両にはなる。

七人は番人の屍骸をまたぎこえ、鍵番の案内で裏木戸へ向かった。

あらかじめ調べあげ、打ちあわせてあった逃げ道だ。

裏木戸を抜けると、塀際に大八車《だいはちぐるま》と仲間がひとり待っていた。

雨の降りつづくなか、素早く荷積みがおこなわれ、全員が大八車に齧りつく。

「よし、奔れ」

あとはひたすら、逃げればいい。

夜が明けぬうちに、隠れ家に達するのだ。

そのためには、死ぬ気で走りつづけるしかない。

雨は激しさを増し、車軸を流すような土砂降りになった。

六兵衛は脇目も振らず、先頭に立って大八車を引きつづけた。

「ほら、引け。奔れ」

背後から、半三がけしかけてくる。

正面の姿見橋は、雨に煙っていた。

水嵩《みずかさ》は増し、橋は濁流に呑みこまれそうだ。

「渡れ、早く渡れ」

一気に渡りきるべく、六兵衛は力を込める。

「ぬぎゃっ」

突如、誰かが悲鳴をあげた。

橋の途上だ。

はっとして振りむくと、鍵番が川に落ちてゆくところだった。

「止まるんじゃねえ、奔りやがれ」

半三に煽《あお》られ、六兵衛は正面に向きなおる。

鍵番は最初から、斬られる運命にあったのだ。

「飛ばせ、飛ばしやがれ。命を落とすか、さもなくば走るか、ふたつにひとつだぜい。ぬひゃひゃ」

半三は、呵々《かか》と嗤《わら》った。

凶暴な人斬りと化した真鍋銑十郎が、すぐ脇を疾駆している。

大八車の一団は南蔵院の脇道を抜け、見覚えのある砂利場へ躍りでた。

「さあ、こっからはおめえの出番だぜ」

六兵衛は煽られた。

四人の仲間が加勢にはいるものの、あくまでも一団を牽引《けんいん》するのは六兵衛の役目にほかならない。

雨の宿坂という難関を乗りこえるために、わざわざ、仲間に引きいれられたのだ。

「ぬおっ」

六兵衛は馬力をあげ、急坂をのぼりはじめた。

足が滑る。

のぼる位置を探った。

砂利を積載した荷車の数倍も重い。

激しい雨とからだの消耗が、思考を奪いさった。
何のために大八車を引いているのか、わからなくなってくる。
もはや、十手を預かる身であることなど、どうでもよくなった。
こうなれば、とことん付きあってやる。
「ふおおお」
六兵衛は腹の底から唸りあげ、宿坂を一気にのぼりつめた。

十

清戸道を横切って北へまっすぐすすめば、雑司ヶ谷の鬼子母神《きしもじん》へたどりつく。
大八車の一団は鬼子母神の手前で間道に逸《そ》れ、田畑の広がる狭い道をすすんだ。
行きついたところは、今は使われていない古びた鷹匠《たかじょう》小屋である。
周囲を喬木《きょうぼく》に覆われ、人気《ひとけ》のまったくないところのようだった。
「ここまで来れば、もう大丈夫だ。へへ、やったぜ」
半三は快哉《かいさい》を叫び、灰色の空に拳を突きあげた。
四人の仲間も泥だらけの顔に白い歯を浮かべ、唄《うた》いながら剽軽《ひょうきん》に踊りはじめる。

「すってんてれつく天狗《てんぐ》の面、ひょうさんひょっとこおかめの面、ついでにこんこん狐の面、あら、めでたやめでたや、お宝よ、あら、めでたやめでたや」

真鍋銑十郎だけがひとり、浮かぬ顔で踊りを眺めている。

「すわっ」

突如、殺気が膨らんだ。

真鍋は抜刀するや、四人に斬りかかる。

「ぶひぇええ」

ふたりが袈裟懸《けさが》けに斬られ、三人目は首を飛ばされた。

四人目は這うように逃げたが、真鍋が投擲《とうてき》した小太刀《こだち》の餌食《えじき》となった。

地を叩く雨が、真っ赤な血を洗いながしてゆく。

「あ、あんた……な、何さらすんじゃ」

半三は眸子《みは》を瞠り、顎《あご》をわなわな震わせた。

どうやら、予定外の行動だったらしい。

真鍋は四人目の屍骸から小太刀を引きぬき、ゆっくりと歩みよってくる。

「半三よ、わしは知ってのとおり、八王子の千人同心《せんにんどうしん》だった男さ」

些細《ささい》な喧嘩で同僚を斬り、腹を切らずに逃げる道を選んだ。

逃げつづけて一年目、真鍋は神田川の河原で半三に出逢った。

そのとき、半三は仲間たちと、ひとりの男に暴行をくわえていた。

「男は伊代治とか申す壺振り。訊けば、むかしの仲間に制裁をくわえているという。ここにも人の皮をかぶった悪鬼がいると、そのとき、わしはおもった。そして安堵《あんど》したのよ。修羅《しゅら》道《どう》に陥《お》ちたのは、わしひとりではないのだとな」

「おめえさんはあのときから、おれたちの仲間になったはずだぜ。それがまた何で……何で、こいつらを」

「修羅だからよ。わしは人を斬ることを何ともおもわぬ。こやつらを、仲間とおもうたこともない。ひとりでも生かしておけば、それだけ足がつく公算は大きくなる。だから、斬った。おぬしもだ、半三よ。わしは一度も、おぬしを仲間とおもうたことはない」

「ま、待ってくれ。金はやる、好きなだけ持ってけ。だから、命だけは助けてくれ」

「そうはいかぬ」

ずいと、真鍋は膝を寄せた。

半三は泣きべそをかき、六兵衛の袖をつかむ。

「おい、助けてくれ、おめえは木偶《でく》の坊だが、力はある。あの野郎を撲《なぐ》りたおしてくれ」

「忘れておった。もう一匹、鼠《ねずみ》がおったわ」

真鍋は袖で刀の血曇りを拭い、六兵衛に向きなおる。

三白眼に吊った目は充血し、鬼が憑依《ひょうい》した顔としかおもえない。

六兵衛は、ばすっばすっと両袖をちぎった。

縋りつく半三を振りはらい、ぐっと腰を落とす。

「ほほう、やる気か。でかぶつめ、胴を輪切りにしてくりょう。ほっ」

真鍋は毛臑《けずね》を剝き、水平斬りを仕掛けてきた。

と、そのとき。

ひょうと、礫《つぶて》が飛んできた。

「あれ」

礫は後ろ頭に命中し、そのせいで真鍋は前のめりに転んだ。

頭を押さえながら、首を捻りかえす。

雨の彼方《かなた》に、ひょろ長い人影が佇《たたず》んでいた。

「あ」

六兵衛が声を出す。

佇む人影は、兵藤氷室之介にまちがいない。

真鍋は片膝をついたまま、掌《てのひら》にべっとり付いた血を睨みつけた。

「ぬう、邪魔しおって。何やつじゃ」

立ちあがって刀を握りなおし、上段に構える。

氷室之介は抜きもせず、すたすた近づいてきた。

「ほう、切っ先を寝かした独特の上段、さては馬庭念流か」

もっともらしいことを喋り、穏やかに微笑《ほほえ》んでみせる。

真鍋は、慎重に身構えた。

「おぬし、討《う》っ手か」

「討っ手にみえるかい」

「いいや、みえぬ。むさ苦しい顔に垢《あか》じみた着物、野良犬にしかみえぬわ」

「わしは蛇骨長屋の店子でな、そこにおる六兵衛とは浅からぬ縁がある」

「なに」

真鍋のみならず、半三も驚いた。

「お、おめえ、裏切ったのか」

「ま、聞いてのとおりだ」

六兵衛が応じると、半三は懐中に手を入れた。匕首を呑んでいる。

「死ね」

鈍い刃を閃かせ、刺しかかってきた。

六兵衛は動じない。

半三の腕を小脇で搦《から》めとり、逆しまに絞りあげた。

「うえっ、い、痛《いて》え」

匕首が転げおち、半三はおとなしくなる。

「莫迦め」

真鍋が吐きすてた。

白刃の切っ先を狙う相手に向け、躙《にじ》りよってゆく。

「要は、ひとりのこらず斬りゃいいってことさ」

「できるかな、おぬしに」

受けてたつ氷室之介は、余裕の笑みすら浮かべている。

強《つえ》えのかもしれねえなと、六兵衛はおもった。

真鍋が氷室之介に問いかける。

「おぬし、流派は」

「無手勝流《むてかつ》よ。敢《あ》えて申せば、居合を少々」

「居合だと、ふん、猪口才《ちょこざい》な」

鼻であしらいつつも、真鍋はなかなか斬りかからない。

元来、馬庭念流は受けの剣、相手に斬らせて受けながし、返しの一撃で葬ることを本旨とする。

が、氷室之介は誘いに応じない。鯉口《こいぐち》を切ろうともしないのだ。

「ええい、ままよ」

真鍋は本旨を忘れ、互いに剣先の届く撃尺の間合いを踏みこえた。

「うぬっ」

そのとき、予期せぬ方角から礫が飛んできた。

しかも、一発ではない。二発、三発とつづけざまに飛来し、すべてが真鍋の額や頬を打った。

「ぬぐ、たまらぬ」

真鍋は呻《うめ》きながら、血だらけの顔をあげた。

「あ」

正面にいるはずの氷室之介がいない。

「ここだよ」

真鍋の背後で声がした。

「やっ」

渾身《こんしん》の水平斬りで逃れようとする。

「ぬぎゃっ」

つぎの瞬間、氷室之介は深く沈み、抜き際の一撃を脛《すね》に当てた。

真鍋は達磨《だるま》落としの要領で倒れ、脛を抱えて転げまわる。

「痛かろう、弁慶の泣き所だからな」

輪切りにしたわけではなく、骨を砕いただけだ。

「なにせ、刀は赤鰯。このとおり、大根ひとつ切れやせん、ぬははは」

胸を反らして笑いあげ、氷室之介は真鍋の腹に当て身を食らわす。

「やった、やった」

左右の木陰から、礫を投げた連中が躍りだしてきた。

幇間医者の念朴と、紙屑拾いの源助爺だ。

どろぼう髭とつるっぱげは仲良く肩を組み、自慢げな顔で近づいてくる。

「へへ、婿どのよ、わしらも助っ人に来てやったぞ」

六兵衛は、夢のつづきをみているようだった。

頭の整理がすぐにつかず、素直には喜べない。

「くそっ、放しやがれ」

腕に抱えた半三に、いきなり手の甲を噛《か》まれた。

手を放した途端、半三は独楽鼠《こまねずみ》のように逃げだす。

「こら、待て」

六兵衛は、必死に追いかけた。

ほかの連中は追いかけようともせず、にやにや眺めているだけだ。

どうにか追いすがり、半三を地べたに引きたおす。

泥人形になりながら、腕で首を絞めてやる。

半三はようやく、白目を剝いて気を失った。

三人が、のんびりやってくる。

「お手柄、お手柄、悪党を捕めえたじゃねえか」

源助爺が褒《ほ》めちぎり、背中をぱんぱん叩いてくる。

念朴はそばに寄り、鼻先で両手をひろげてみせた。

「ほら」

両手いっぱいの小判が、雨粒を弾《はじ》いている。

「菜売りの二十両や。戻ってきよったでえ」

六兵衛は相好《そうごう》をくずした。

本来の目途を、おもいだしたのだ。

菜売り母娘も、これで路頭に迷わずに済む。

氷室之介は、真鍋銑十郎を引きずってきた。

半三と並べれば、襤褸《ぼろ》雑巾にしかみえない。

「よし、こいつらふたりは、わしが預かろう」

「え」

「なにせ、白狐一党の頭目と右腕だ。番屋に突きだせば、報奨金にありつける。それとも何か、おぬしはどうあっても手柄が欲しいのか。手柄が欲しくば、勝手にするがいいさ。がな、そうなれば、盗み金の二十両もお上に預けねばなるまい。いったん預けた金が返ってきた例《ため》しがあるか。あるまい。金が返らぬとなれば、菜売り母娘は悲しむであろうな」

六兵衛は溜息を吐いた。

「手柄なんざ、いらねえ。こいつらは、旦那にお任せする」

「お、そうかい。わかった、何とかしよう」

釈然としないおもいで、ふと、六兵衛は小屋の正面口をみた。

「あ、ない」

そこにあるはずの大八車がない。小判の詰まった木箱ごと、消えてしまった。

「ない。金蔵から盗んだお宝がない」

六兵衛は振りかえり、三人の顔を順繰りに睨んだ。

「おりゃ知らねえよ」

と、源助爺がそっぽを向く。

「存じあげまへんがな」

念朴も上方訛りですっとぼけた。

「何のことやら、さっぱり」

氷室之介にいたっては、戯《おど》けたように笑ってみせる。

三人を尻目に、六兵衛は駆けだした。

地べたには、大八車の轍《わだち》が残っている。

たどってみると、轍は喬木の裏手に向かい、田圃の一本道を遥か彼方に向かってまっすぐ延びていた。

もはや、お宝を掠《かす》めとった者の影はない。

「まんまと、やられちまったぜ」

六兵衛は、ほっと溜息を吐いた。

おそらく、本物の白狐がやったのだろう。

そうおもえば、不思議と口惜しさも消えてゆく。

我に返ると、いつのまにか、雨は上がっている。

東の空は白々と明けそめ、雀の囀《さえず》りが聞こえてきた。

十一

夏至に近づくにつれ、夜は短くなってゆく。

心太《ところてん》、酸漿《ほおずき》など、節《せつ》の物売りも随所に見受けられるようになった。

久しぶりに黒船町の大番屋へ顔を出してみると、白狐が捕まったという噂でもちきりになっていた。

浦島平内が六兵衛を目敏《めざと》くみつけ、欠伸《あくび》を嚙みころしながら声を掛けてくる。

「よう、怠け者。初夜は迎えられたのか。はは、その顔じゃまだのようだな。おっと、すまぬすまぬ、差しでたことを訊いたな」

「浦島さま、白狐が捕まったんですかい」

「ああ、手柄をあげたな、稲荷の権吉さ」

「げっ」

「どうしたい。権吉に恨みでもあんのか」

「いいえ、別に」

「あの権吉、性根はわりいが頼りになる野郎だ。へへ、おめえとは正反対だな」

むらむらと、口惜しさがわいてくる。

「ふん、鳶《とんび》に油揚げといやあ、稲荷の権吉か」

「六よ、何か言ったか」

「いいえ、ひとりごとで」

「おめえもそろそろ、手柄のひとつもあげてみっか。婆さんが喜ぶぜ」

「へえ」

「無理することはねえぞ。おれはな、おめえの牛みてえな面が好きなんだ。みているだけで安心する。おめえはな、気張らねえところがいいんだよ」

平内は笑いかけ、柱にもたれてうたた寝をしはじめる。

六兵衛は誰かの羽織を拾い、胸のうえに掛けてやった。

「ま、いっか」

豆をぽりぽり齧りつつ、大番屋を後にする。

盗まれた二十両は、無事に菜売りの母娘のもとへ戻った。

涙を流しながら礼を言われたが、どうもしっくりこない。

「やっぱし、おれも十手持ちってことかな」

白狐のやつは小仏の半三とその一味をうまく利用し、この江戸から名を消すことに成功した。このあたりが潮時と感じていたのかもしれない。しかも、数千両のお宝をまんまと横取りしてみせた。

「うまくやりやがって、棚から牡丹餅《ぼたもち》とはまさにこのことだな」

白狐の正体は、薄々勘づいている。

確信はないが、そうであろうとおもう。

探る気がないわけでもない。

が、踏みこんではいけないような気もする。

釈迦《しゃか》の掌のうえで遊ばされている小猿のような気分だ。

気づいてみると、八間町の自身番まで足を延ばしていた。

「おうい、六の字」

呼ばれて振りむけば、裃《かみしも》を纏った権吉が赤ら顔で手を振っている。

「祝い酒だ、祝い酒。こっちへ来ねえか。一杯、振るまってやるぞ」

もちろん、白狐に縄を打った手柄を祝う酒だった。

名主や町役に囲まれ、権吉は胸を反りかえらせている。

六兵衛は逃れるようにその場を離れ、急ぎ足で雷門へ向かった。

ふと、堀端をみやれば、白いつぶつぶの愛らしい花が咲いている。

「狐草か」

別名を、二人静《ふたりしずか》ともいう。

何とも可憐《かれん》な花が、おこんをおもいださせた。

「狐草におこんか」

謎掛けだ。どちらも、狐に掛かっている。

野辺に咲く花が、白狐の正体を暗示しているようにおもえてならない。

疑いの尻尾を引きずりながら、雷門を潜って仲見世大路をすすむ。

実家の敷居をまたぐと、めずらしいことにおはま婆が起きていた。

「おや、なにしに来たんだい」

のっけから、冷たいことばを浴びせてくる。

「七福の旦那さまが、わざわざおみえになってね、煎餅はもうやめるからと仰るのさ。ではね、替わりに、うちの海苔をたくさん買っていただいてね、そいつを豆といっしょに商い番屋へ置くそうだよ。六角堂の海苔と豆、こいつは当たるにちがいないと、旦那さまは太鼓判を押しなすった。六、気張って売らなきゃだめだよ」

「ああ、わかった」

気のない返事をすると、右手でしっしっとやられた。

「さ、よその若旦那は、とっとと消えとくれ」

仕方なく背中を向け、項垂《うなだ》れながら雷門を潜りぬける。

重い足取りで蛇骨長屋へ戻ると、木戸番小屋が何やら騒がしい。

近づくにつれて、心ノ臓が高鳴りはじめた。

「あ、来た来た。婿さんが帰えってきた」

まっさきに走ってきたのは、鶴松だ。

「おっちゃん、豆をおくれ」

にこにこしながら、ずんぐりした手を差しだす。

熊五郎とおさん、念朴と源助爺、おしまに富士鷹茄子、それから、兵藤氷室之介の顔もあり、みな、にやにや笑っている。

小屋のなかから、裃姿の庄左衛門が白扇を手にしてあらわれた。

「やや、あらわれたな。頼り甲斐《がい》のある婿どのじゃ」

うやうやしく手を取り、敷居の内へ差しまねく。

「さて、わしも男、約定《やくじょう》を果たさねばなるまい」

庄左衛門は高らかに笑う。

六兵衛はふっと目をあげた。

逆柱を背にして、丸髷のおこんが三つ指をついている。

「長らくお待たせいたしました。ただいまこの日より、おこんは六兵衛どのと仲良うさせていただきます」

これが夢なら醒めずにいてほしいと、六兵衛は願った。

白狐のことも、盗まれたうん千両のことも、頭のなかから綺麗《きれい》さっぱり、消えてなくなった。

舐め猫

一

梅雨《つゆ》は去った。

三毛猫、黒猫、白黒斑《まだら》、蛇骨長屋では、やたらに猫を見掛けるようになった。

さかりのついた猫が朝っぱらから、ひねくれた赤ん坊のような声で鳴き、店子《たなこ》たちを苛立《いらだ》たせている。

「まったく、野良猫を持ちこんだのは、どこのどいつだろうね」

三味線《しゃみせん》師匠のおしまなどは用事もないのに店先にあらわれ、聞こえよがしに憎まれ口を叩《たた》いてゆく。幇間《ほうかん》医者の念朴や紙屑《かみくず》拾いの源助爺《じい》も、眸子《まなこ》を好奇の色に染めながら新世帯《あらぜたい》の様子を窺《うかが》っていった。

そうした連中など、まったくおこんの眼中にない。

駒下駄《こまげた》を突っかけるや、六兵衛に向かって啖呵《たんか》を切った。

「このろくでなし。あんたの子は産まないよ、産みたかないねえ」

千筋《せんすじ》の単衣《ひとえ》をひるがえし、だっと外へ飛びだしてゆく。

昨日《きのう》も一昨日《おととい》も、こんなふうであった。

喧嘩《けんか》のはじまりは何だったか、覚えてもいない。

いつものことだ。おそらく、夕暮れまで戻るまい。

戻ったからといって、同じ褥《しとね》に寝るわけではなかった。

鬱陶《うっとう》しい梅雨は明けたというのに、夫婦の営みは遅々として進まず、温《ぬく》もりを味わうこともできぬまま、独り寝の夜はつづいている。おこんとひとつ屋根の下で暮らしはじめただけに、六兵衛の淋《さび》しさはいっそう深刻だった。

下っ引きの勘八が、鼻をひくひくさせながら嬉《うれ》しそうにやってきた。

「兄ぃ、お久しぶり」

「何だ、おめえか」

「へへ、犬も食わねえ痴話喧嘩ですかい。いってえ、どうしたってんです」

「さあな。鼻汁みてえな音を立てて茶を呑《の》んだとか、朝飯を食いながら臭《くせ》え屁《へ》を放ったとか、舐《な》めるような目つきで尻《しり》を眺めただとか、おおかた、そうした類《たぐい》のことだろうさ」

「つまらねえ文句を言っちゃ、出ていっちまうわけか」

「まだ若《わけ》えし、つまらねえことが許せねえんだろうよ」

「おいらにゃ、そうはみえねえなあ。なにせ、鼻っ柱の強《つえ》え元小町娘ですぜ。ゆるゆるのぐずろ兵衛といっしょにさせられたことが、許せねえんじゃねえのかなあ」

「ゆるゆるのぐずろ兵衛ってな、おれのことか」

「ほかに誰か、おりやすかい」

「勘八よ、それを言っちゃあ仕舞《しめ》えだろ」

「うへへ、水に流してくだせえよ、うにゃ桜の兄ぃ」

「ふん、お調子者め」

「にしても、とんだ相手とくっつけられちまったもんだ」

「でもな勘八、ああみえて、美味《うめ》え味噌《みそ》汁《しる》をつくるんだぜ」

「ほほう」

「魚や野菜は振り売りから値切って買うしな、洗濯も井戸端で嬶《かか》ァたちに混じってちゃんとやる。掃除と後片付けはちょいと苦手だが、ま、少しくれえはずぼらなほうがこっちも気楽でいい」

「そりゃそうだ」

「気性もわるかねえ。年寄りにゃ優しいことばを掛けてやるし、幼子をいじめる悪がきなんぞは本気で叱《しか》る。狡っ辛《こすかれ》えやつとか、金に汚ねえやつとか、女々しいやつとか、脂下《やにさ》がった気障《きざ》野郎とか、そうした連中が大嫌《でえきれ》えでな、ともかく、世の中の理不尽が許せねえ性分なのさ」

「ほへえ、ひとは見掛けによらねえもんだ」

「ちゃらちゃらした小娘とは、ひと味ちがうぜ」

「でも兄ぃ、朝から晩まで怒ってばっかしいるんでしょ」

「怒りもするが、同じくれえによく笑う。ツボにはまると、畳に転がりながら笑ってやがる。それに、何かと泣く。傷ついた子猫を拾ってきちゃ、可哀相《かわいそう》だと泣きやがる。おかげで、みろ、木戸番小屋は猫屋敷になりかわっちまいそうだ」

「どうりで。そこらじゅうで、にゃあにゃあ鳴いてやがる」

三毛猫が一匹のっそりあらわれ、売り物の海苔《のり》を舐めはじめた。

六兵衛は追いはらおうともせず、うんざりした眼差《まなざ》しをおくる。

三毛猫は海苔を銜《くわ》えて近づき、六兵衛の膝《ひざ》に悠々とおさまった。

「冬なら温石《おんじゃく》替わりになるけどな、夏は暑苦しくてたまらねえぜ。で、何の用だい」

「おっと、忘れちまうところだ。浦島さまから火急の用でござんすよ」

「ありがてえな。おれのことなんざ、疾《と》うに忘れちまったかとおもったぜ」

「浦島さまは兄ぃのことを頼りにしておられやすぜ。六兵衛は自分の懐刀《ふところがたな》なんだって、こそっと耳打ちなさるんでさあ」

「こそっとじゃなしに、堂々と言ってほしいもんだな」

「ぬへへ、稲荷の権吉親分の手前、そういうわけにもいかねえんでやすよ」

「権吉親分を、まだ使ってんのか」

「使ってるどころか、権吉親分は浦島さまの右腕でやんす」

勘八は言ったそばから、ぺろっと舌を出す。

「余計なことを喋《しゃべ》っちまったかな」

「まあいいさ。火急の用ってのは何だ」

「へい、天神《てんじん》の瓢次郎《ひょうじろう》って野郎が恩赦で八丈《はちじょう》から帰《け》えってくるそうで」

「天神の瓢次郎、誰だそりゃ」

「おや、ご存じない」

「知らねえなあ」

「お婆《ばば》さまから聞いたことも」

「ねえな」

「無理もねえか。瓢次郎が捕まったな、二十年もめえの話だ」

「二十年も八丈にいたのか」

「へい、しかも、縄を打ったな、兄ぃのとっつあまでやんすよ」

「なに、おとっつあんが」

「ええ、棺桶《かんおけ》を湯船とまちげえたそそっかしいおひとが、お手柄をあげたんでさあ」

「妙だな。ばあちゃんに聞かされた手柄話に、瓢次郎って名は出てきてねえぞ」

「忘れちまったんでやしょう」

「いいや、おれやおめえより、おつむはしっかりしてるぜ。それに、あのばあさま、近頃《ちかごろ》のことは忘れても、むかしのことはようく覚えてけつかる」

ともかく、天神の瓢次郎なる盗人《ぬすっと》は、下谷の仏具屋に押しいったところを捕まった。

「仏具屋の屋号は山城屋《やましろや》、主人は惣介《そうすけ》と申しやす。今も幡随院《ばんずいいん》の門前で手広く商いをやっておりやしてね」

「幡随院の山城屋惣介なら、知らねえ相手じゃねえ。なにせ、こっからは目と鼻の先だ。挨拶《あいさつ》を交わす程度の仲だが、おとっつあんの話は何ひとつ聞いたことがねえぞ」

「嫌われちまってんじゃねえですか。惣介は近所でも評判の人嫌い、しみったれ、六《むい》日知《かし》らずの変わり者で通っておりやす。五十の峠《とうげ》を越えてるはずだが、飯を食わせるのがもったいねえからと、嫁も持たずにきたんだとか」

「ふうん」

天神の瓢次郎は山城屋へ盗みにはいったはいいが、二束三文の仏像ひとつ盗んだだけで御用になったのだという。

「なんでも、惣介と揉《も》みあいになり、自分の匕首《あいくち》が胸に刺さったとかで」

いずれにしろ、瓢次郎は生きのびた。悪運が強かったというべきだろう。刺されて命を取りとめたこともそうだが、欲を掻《か》いて十両以上盗んでいたら、打ち首になったところだ。

「で、おれは何すりゃいい」

「こいつは浦島さまの勘でやすがね、瓢次郎はひょっとしたらお礼参りに向かう肚《はら》かもしれねえ。まんがいちのこともあろうから、仏具屋をそれとなく守ってやれと、ま、そういうことらしいんで」

「おいおい。瓢次郎が何でお礼参りをしなくちゃならねえんだ。せっかく、二十年ぶりに島から出られたってえのに」

「あっしも、そこをお訊《き》きしやした」

「そりゃおめえ、天神の瓢次郎てえぐれえだ。天神といやあお礼参りだろうがと、笑いとばされやしたよ」

「なるほど」

「って、兄ぃ、納得しちまうのかい」

「浦島平内の勘ばたらきを莫迦《ばか》にしちゃならねえ」

「そりゃ、承知しておりやすがね。ほんとのところは、山城屋が瓢次郎の島帰りを聞きつけ、お礼参りが心配《しんぺ》えだから守ってほしいと申しでたらしいんで」

「頭を下げに来たってのか」

「ええ」

当然のごとく、平内は袖《そで》の下をつかまされたにちがいない。

そうでなければ、奉行所一の怠け者が御輿《みこし》をあげるはずはなかった。

「しゃあねえな。瓢次郎はいつ江戸へ戻ってくる」

「今日の夕方だそうで」

「急な話じゃねえか」

「どうしやす」

「浦島さまは何て」

「とりあえず、仏具屋に挨拶でもしに行くか」

「へへ、おともしやすよ」

六兵衛は三毛猫を横に抛《ほう》り、重い腰をあげた。

痺《しび》れた足を引きずりながら、番小屋の外へ出る。

人影もまばらな表通りには、薫風が吹いていた。

二

背には幡随院の山門がある。

塀際に咲く夾竹桃《きょうちくとう》の花が風にさわさわ揺れていた。

六兵衛は勘八に袖を引かれ、山城屋の敷居をまたいだ。

絹地の着物を羽織った大柄の人物が、売場格子《ごうし》に座る番頭を叱りつけている。

「ほら、ここ。仕入れの数と値が合わないじゃないか。二十年も勤めたおまえがこんなふうじゃ、下の者にしめしがつかんぞ」

霜まじりの鬢《びん》を震わせ、手にした帳面をぱんぱん叩く。

まちがいない、主人の惣介だ。

眉間《みけん》に皺《しわ》を寄せた顔を、そのままこちらに向けてくる。

「ん、何だい、あんたら」

のっけから喧嘩腰だ。

勘八に背中を押され、六兵衛は口をひらいた。

「山城屋のご主人を守ってさしあげようとおもい、とりあえず挨拶に伺いやした」

「わたしを守るだって、すっとぼけたことをぬかしてんじゃないよ。おまえさん、仲見世大路にある海苔屋の倅《せがれ》だろう」

「よくおわかりで」

「わたしをからかいに来たのかい」

「浦島さまに言いつけられたんですよ」

「浦島、誰だい、その御仁は」

「定町廻《じょうまちまわ》りの浦島平内さまで」

「ああ、役立たずの亀公《かめこう》か」

「え、今何て仰《おつしや》いやした」

「なあに、こっちのはなしだ。ははあ、おもいだしたぞ。そういえば、おまえさん、十手持ちだったね。浦島さまの子飼いなのかい」

「ええ、六兵衛と申しやす」

「知っているともさ。棺桶を湯船とまちがえた五兵衛親分の倅だものな。噂《うわさ》によれば、親譲りのそうとうな間抜けらしい。ぐずろ兵衛とか、うにゃ桜とか綽名《あだな》され、洟垂《はなた》れどもから小馬鹿《こばか》にされているんだろう」

「へえ、そのようで」

六兵衛は何を言われても、柳に風と受けながすことができる。

むしろ勘八のほうが、口惜《くちお》しそうに口をへの字に曲げていた。

「ぐずろ兵衛に用はない。浦島さまには、たしか、稲荷の権吉親分を寄こしてくれってお願いしたはずだがね」

「権吉親分を」

「何せ、白狐の一党を捕まえた切れ者だそうじゃないか。そうした御仁なら、わたしを極悪人から守ってくれるとおもってね」

「極悪人ってのは、天神の瓢次郎でやんすね」

「二十年ぶりに島から帰えってくるんだとさ。ふん、悪運の強え野郎だぜ」

惣介は盗人のような口振りでうそぶき、遠い目をしてみせる。

六兵衛は顎《あご》を突きだした。

「瓢次郎に縄を打ったのは、あっしの父親だって聞きやした」

「そうだよ。丁稚《でっち》に命じて呼びにやらせたのさ」

「呼びにやらせた」

「ああ。なにせ、時刻は真夜中の丑《うし》三つ刻（午前二時から二時半）、あたりは寝静まっていたからね。御用聞きなら誰でもよかった。偶《たま》さか顔を出したのが、五兵衛親分だったのさ」

「てえことは、誰かが瓢次郎を捕まえていたってことですかい」

「わたしだよ。大立ちまわりを演じたすえ、あいつの匕首を奪って返り討ちにしてやったのさ」

「返り討ち」

「ああ、そうだよ。胸をぐっさり刺してやった。一部始終は、そこにちんと座ってる番頭の久蔵《きゅうぞう》が知っている。なにせ、五兵衛親分のところへ走らせた丁稚ってのは、久蔵のことだからね」

「あら」

顔を向けると、久蔵は目を逸《そ》らした。

何か、不都合なことでもあるのだろうか。

六兵衛は、五歳のころに亡くなった父親の顔をはっきり覚えていない。むしろ、惣介や久蔵のほうが、五兵衛のことをちゃんと記憶している。そのことが不思議でたまらない。

「あのとき、五兵衛親分はえらく酔っておいでだった。ところが、瓢次郎に脈があるのを確かめるや、戸板を一枚外して載せ、小者といっしょにはこんでいっちまった。そののち、悪運の強い瓢次郎はどうにか命を取りとめた。わたしは当然、瓢次郎が打ち首になるものとばかりおもっていた。ところがどっこい、下された沙汰《さた》は遠島だ。驚いたね。なぜだか知らないが、盗まれたのは二束三文の仏像一体だけってことにされた」

「ちがうんですかい」

「おおちがいだよ。瓢次郎は帳場にあった金を鷲摑《わしづか》みにし、懐中に詰めこんだ。ざっとみたところでも、五十両はくだらなかったろう。その五十両がいつのまにか、仏像にすりかわっていたのさ」

惣介は、探るような眼差しを向けてくる。

「いまだに、不思議で仕方ない。あのときの五十両はいったい、どこに消えちまったんだろう」

「あっしの父親をお疑いで」

「火のないところに煙は立たないというしね。それが証拠に、五兵衛親分は良い死に方はしなかったろう」

天罰が下ったとでも言いたげな顔だ。

さすがの六兵衛も、少しばかり腹が立ってきた。

「なるほど、あっしの父親は間抜けのぼけ茄子《なす》かもしれやせんけど、他人《ひと》様のものを盗んだり掠《かす》めたりするような男じゃありやせんぜ」

「だったら、五十両が消えた件はどう説明する」

「んなことは知りやせんよ」

「正直を言っちまえば、金のことなんざ、どうでもいい。おまえさんのおとっつぁんが妙な仏心を出したばっかりに、極悪人の瓢次郎は生きながらえて江戸へ戻ってくる。わたしにはね、そのことが許せないんだよ」

「八丈で二十年も耐えつづけ、ようやっと娑婆《しゃば》の空気が吸えるんだ。瓢次郎がお礼参りに来るとはかぎりやせんぜ」

「いいや、来る。あの男なら、きっと来る」

惣介は尖《とが》ったのどぼとけを上下させ、空唾《からつば》を呑みこんだ。

三

赦免船は夕刻、柾木《まさき》稲荷の桟橋へやってくる。

小名木《おなぎ》川が大川へ注ぐ口、放生会《ほうじようえ》に亀を放つ万年橋《まんねんばし》の北詰だ。

――ごおん。

暮れ六つ（午後六時）の鐘が鳴っている。

掌《てのひら》をひらけば、薄闇《うすやみ》に三筋の皺が浮かんでみえた。

大きな赦免船はひっそりと、桟橋に舳先《へさき》を寄せてきた。

迎える者は町方の同心《どうしん》一名と小者二名、それから、五十前後の窶《やつ》れた女がひとりだけ影のように佇《たたず》んでいる。

ひょっとしたら、瓢次郎と関《かか》わりのある者であろうか。

いや、そうとはかぎらぬ。赦免船で戻される幸運者は、三人いると聞いていた。

「永のおつとめを済まして帰えってくるってのに、出迎えはたったのひとりか。世間てな冷てえもんだな」

勘八は、ぺっと唾を吐く。

山城屋を出たときから、虫の居所がわるい。

浦島平内の命とはいえ、惣介のために骨を折るのが莫迦らしいのだ。

纜《ともづな》が棒杭《ぼうくい》に結ばれ、船上にみすぼらしい風体の男たちがあらわれた。

「兄ぃ、出てきやしたぜ」

「そうだな」

ふたりは桟橋から離れ、柳の木陰に身を隠す。

出迎えの同心が、ひとりひとりの名を呼びはじめた。

「無宿、木鼠《きねずみ》の吉兵衛《きちべえ》」

「へえい」

呼ばれた者は返事をし、桟橋へ降りてくる。

「よし、つぎ、よろぼしの喜三郎《きさぶろう》」

「へえい」

さきほどの女が、だっと駆けだした。

髭《ひげ》に覆われた喜三郎の顔が、ぱっと輝く。

「おうめ」

「あんた」

どうやら、何十年かぶりに邂逅《かいこう》を果たした夫婦のようだ。

喜三郎とおうめはひしと抱きあい、人目もはばからずに泣きはじめた。

「うんうん、わかるぜ」

勘八は、じゅるっと洟水を啜《すす》った。

「島帰えりってのはやっぱし、ああじゃなくちゃいけねえ」

泣きの涙が落ちついたところで、同心の声が朗々と響いた。

「よし、つぎ、天神の瓢次郎」

「へえい」

六兵衛の肩に、ぐっと力がはいる。

船から降りてきたのは、骨の太そうな男だった。

頭髪は胡麻塩《ごましお》、面構えはひしゃげた岩のようだ。

少なくとも、こそどろの風貌《ふうぼう》ではない。

双眸《そうぼう》は炯々《けいけい》、横一文字に張った唇《くち》もとには生気が漲《みなぎ》っている。

ただ、右足をひきずっていた。

厳しい牢《ろう》問いの傷痕《きずあと》か、それとも、島仲間から惨《むご》い仕打ちでも受けたのか。

尋ねたところで、容易には応《こた》えてくれまい。

まがいものの親切や優しさは、微塵《みじん》も通用しない相手にみえた。お上のお慈悲に深く感謝

「以上三名の者、ただ今この場所より解きはなちといたす。

し、まっとうな余生を送るように」

今宵《こよい》ばかりは役人のことばも、神の声に聞こえることだろう。

解きはなちになった三人は桟橋を離れ、別々の方角へ散ってゆく。

六兵衛と勘八は闇に溶け、瓢次郎の背中を追った。

とりあえずは、落ちつき先をつきとめねばなるまい。

瓢次郎は足を引きずりながら、小名木川に沿って東へすすみ、六間堀《ろっけんぼり》へ繋《つな》がる堀川との落ちあいを左手に曲がった。

少しすすんだところに、太鼓橋が架かっている。

「猿子橋《さるこばし》だな」

土手下から、つっと人影が近づいてきた。

菰《こも》を抱えた夜鷹《よたか》のようだ。

頰被《ほおかむ》りにした手拭《てぬぐ》いの端を口に銜え、媚《こ》びたように首をかしげてみせる。

瓢次郎に躊躇《ちゅうちょ》はなかった。

夜鷹の肩を抱きよせ、橋のたもとへ降りてゆく。

「ちっ、行っちめえやがった」

勘八は裾《すそ》を捲《めく》り、小走りに駆けだした。

土手の上から様子を窺うと、ちょうど小舟が漕《こ》ぎだすところだ。

夜鷹本人が船尾で櫓《ろ》を握っている。

化粧を厚く塗った顔が白く浮かんでみえた。

このまま六間堀を遡上《そじょう》すれば、本所《ほんじょ》と深川を分かつ竪川《たてかわ》に行きあたる。

「勘八、追うぞ」

「合点で」

ふたりは土手の上を走り、慎重に小舟を追った。

二町（二百十八メートル）ばかりすすんだあたりで、櫓の音が止まる。

どうやら、蘆《あし》の群棲《ぐんせい》する川岸に小舟を横付けしたようだ。

蘆の風鳴りを聞きながら、手っとりばやく事を済ませる肚なのか。

「へへ、なにせ、島帰えりだかんな。一刻も早く、温《あった》けえ女の肌に触れてえ気持ちはわかるぜ」

勘八は袖口から線香を取りだし、巧みに火を点《つ》けた。

このあたりの夜鷹なら、線香一本分で遊び代は百文程度だろう。

「兄ぃ、どうしやす」

「どうって」

「山城屋のためにひと肌脱ぐことはありやせんぜ。でえち、瓢次郎がどういうつもりかもわからねえんだし」

「おめえの言うとおりだ。何やら、面倒になってきたな」

「帰えりやすか」

「帰えりてえのは山々だが、浦島さまの顔を潰《つぶ》すわけにもいくめえ」

「そりゃまあ、そうでやすがね」

「いっそ、本人に会ってみるか」

「え、会っちまうんですか」

「こそこそ探るよりゃましだろう。ほかに良い知恵も浮かんでこねえようだしな」

「お礼参りをする気だったら、どうしやす」

「諭して、やめさせりゃいいさ」

「それができりゃ、苦労はいらねえ」

ふたりは膝を抱え、線香が短くなるのを待った。

風鳴りが聞こえてくるだけで、小舟からは物音ひとつ聞こえてこない。

六兵衛は線香に両手を翳《かざ》し、ぼそっとこぼす。

「勘八、あの夜鷹、誰かに似ているとはおもわねえか」

「さあ、あっしにゃさっぱり。でえち、あの厚化粧じゃ、自分のおっかさんだって言われても首をかしげやすぜ」

「ふへへ、そうだよな」

六兵衛は笑いながらも、誰かの顔を思いだそうとした。

が、今一歩のところで、どうしても浮かんでこない。

苛立《いらだ》ちだけが募った。

四

瓢次郎が夜鷹と別れて向かったさきは『うな萬《まん》』という老舗《しにせ》の鰻屋《うなぎ》だった。

大橋《おおはし》を両国広小路《りょうごくひろこうじ》へ渡ったさきの薬研堀《やげんぼり》にある。

大川端のすぐそばだ。

「へへ、ちょうどいいや。兄ぃ、馳走《ちそう》になりやすぜ」

「ちぇっ、しょうがねえな」

瓢次郎につづき、ふたりは暖簾《のれん》を振りわけた。
客はまばらだが、禿《は》げた親爺は渋団扇《しぶうちわ》をぱたぱたさせている。
瓢次郎は奥の床几《しょうぎ》に座り、燗酒《かんざけ》と鰻の筏《いかだ》焼きを注文した。
「ふうん、島帰えりにしちゃ景気がいいな」
勘八が囁《ささや》いた。
六兵衛たちも離れた床几に腰を落ちつけ、鰻丼《うなどん》をふたつ注文する。
「兄ぃ、酒もちょいと頼みやしょうよ」
「よし、頼んじまえ」
冷や酒を一升徳利《いっしょうどっくり》で注文し、瓢次郎の様子をそれとなく窺う。
ほどもなく、燗酒の入った銚釐《ちろり》と盃《さかずき》が出された。
瓢次郎は震える手で酒を注《つ》ぎ、盃を唇《くち》もとへ近づける。
ひと舐めするや、一気に呷《あお》った。
さらに注ぎ、すっと流しこむ。
たてつづけに三杯干し、ふうっと腹の底から溜息《ためいき》を吐《つ》いた。
まさか、二十年ぶりの酒でもあるまい。
が、そうかもしれぬとおもわせるような表情だ。

「へい、おまち」
いよいよ、江戸前の筏焼きがはこばれてきた。
平皿に載せられ、美味《うま》そうに湯気を立てている。
瓢次郎はしかし、すぐに箸《はし》を付けようとはしない。
小鼻を膨らませて匂《にお》いを嗅《か》ぎ、盃を舐めつづける。
しげしげと眺めてから盃を置き、鰻に向かって合掌した。
二本の串《くし》を慎重に抜き、指に付いたたれを舐め、にんまりとする。
そして、おもむろに箸を握り、切れ端を摘まみあげ、ようやく口に抛りこんだ。
「ん」
おもわず、声が漏れる。
何とも言えない笑みがひろがり、次第に泣き顔へと変わってゆく。
瓢次郎は泣きながら、鰻を食いつづけた。
二十年、毎日欠かさず、夢にみた味にちがいない。
瓢次郎にとっては『うな萬』の鰻が娑婆の味なのだ。
表情を眺めているだけで、島暮らしで味わった苦労を窺いしることができる。
六兵衛は、切ない気持ちにさせられた。

すでに、床几の鰻丼は綺麗《きれい》に片づけられている。

勘八は呑みすぎたのか、とろとろ居眠りをしていた。

「しょうがねえな」

座布団を枕《まくら》にして寝かしつけ、六兵衛は残り少なくなった一升徳利をぶらさげた。

瓢次郎は筏焼きを平らげ、酒をちびちび飲《や》っている。

「旦那《だんな》、邪魔してもいいかい」

親しげに笑いかけると、あからさまに嫌な顔をされた。

「おいらは六兵衛ってもんだ。さ、呑んでくれ」

徳利を持ちあげても、瓢次郎は床几をじっとみつめている。

「あんた、天神の旦那だろう」

水を向けた途端、瓢次郎は顔色を変えた。

「おめえ、十手持ちか」

「そうだよ。柾木稲荷の桟橋から、あんたの尻を追っかけてきたのさ」

「何の用だ」

「怒らねえでくれ。このとおり、跟《つ》けたことは謝るからさ」

「誰に頼まれた。山城屋か」

「お、勘がいいな。山城屋の主《あるじ》は、あんたのお礼参りを恐れていなさるぜ」

「ふん、勝手に恐がってりゃいいさ」

「その気はあんのかい」

「気があったら、どうする」

「やめといたほうがいい。まちげえを起こしたら、こんどは首が飛ぶぜ」

瓢次郎は、ぎろっと眸子を剝《む》いた。

「おめえ、いくつだ」

「二十五だよ」

「おれはもうすぐ還暦さ」

「だから」

「若僧はすっこんでろっ」

六兵衛は圧倒され、ことばを失った。

瓢次郎は一升徳利を引ったくり、口から直《じか》に酒を流しこむ。

これ以上は喋ることもなくなり、仕方なく背を向けた。

「待ちな」

振りかえると、探るような眼差しが待っていた。

「ひょっとして、おめえ、五兵衛親分の倅じゃねえのか」

「そうだよ」

「やっぱしな。顔つきがそっくりだぜ。戻ってきてくれ」

「いいのかい」

「ああ、親分さんにゃ世話になった。おれがこうして生きていられるのも、親分さんのおかげだ」

「おとっつあんは、あんたに縄を打ったんだろう」

「死に損《ぞこ》ないのおれを救い、話もちゃんと聞いてくれた」

「話って、いったい何の」

「山城屋から何ひとつ盗んじゃいねえって話さ。だがな、何を吠《ほ》えようが、お白洲《しらす》じゃ通用しねえ。なにせ、先様は幡随院の門前に立派な店を構える金満家、金の力を利用して役人を意のままにできるんだ。死にかけた盗人の戯言《たわごと》なんぞ、聞く耳を持つ役人なんざいねえさ。でもな、五兵衛親分だけはちがった。おれを信じてくれた」

かなり入りくんだ事情があるらしい。

「若僧、訊きてえか」

「まあね。でも、喋りたくなけりゃ、喋ることはねえさ」

「ふふ、やっぱし親子だなあ。おめえのおとっつあんも、同じことを言ってくれたぜ。ところで、今はどうしていなさる、お元気かい」

「疾うに死んだよ」

「え」

「二十年前、おいらが五つのときさ」

「おれが島流しになって、すぐじゃねえのか」

「たぶんな、同じ年の師走《しわす》だよ」

おはまに聞いた五兵衛の最期を教えてやった。

「そうだったのかい。人の運命なんざ、わからねえもんだな。親分さんみてえな善人はぽっくり逝き、おれみてえな小悪党はしぶとくいつまでも生きつづける。へへ、世の中ってのは不公平にできてるぜ」

瓢次郎はしみじみと漏らし、目頭を指で拭《ぬぐ》った。

「すまねえが、今は何ひとつ喋れねえんだ。おれにゃ、どうしてもやらなくちゃならねえことがある。それが済んだら、ぜんぶ喋ってやるよ。ただし、生きていたらの話だがな。ふふ、ともかく、ここは若親分の出る幕じゃねえ、そうだろう」

ぽんと肩を叩かれ、うっかり頷《うなず》いてしまう。

この男、芯《しん》からの悪人にゃみえねえ。
六兵衛は、そうおもった。

五

どうもおかしい。しっくりこねえ。
六兵衛はめずらしく頭を使い、三日三晩、あれこれ考えつづけた。
瓢次郎と山城屋惣介は、どちらかが嘘《うそ》をついている。
ふたりとも、肝心なことを隠しているような気がしてならない。
いったい、何を隠しているのか。
やはり、鰻屋で無理にでも訊いておけばよかった。
もうすぐ中食《ちゅうじき》、もやもやした気分で雷門を潜《くぐ》り、久しぶりに実家の敷居をまたいだ。
おはまはいつもの場所に座り、両手で焼き結びを食べている。
醤油《しょうゆ》を刷毛《はけ》でさっと塗り、焦げ目のつくまで焼いた結びだ。
香ばしい匂いを嗅いだら、腹の虫が鳴きはじめた。
「おや、おまえかい」

ぽかんと開いたおはまの口端に、米粒が付いている。

六兵衛はのっそり近づき、米粒を摘まんで食べた。

おはまは口をすぼめ、恥ずかしそうに笑う。

「おまえも食べるかい。蜆《しじみ》の味噌汁もあるよ」

「うん、沢庵《たくあん》もおくれ」

「あいよ」

六兵衛はおはまの漬けた沢庵を齧《かじ》り、焼き結びを頬張った。

蜆の味噌汁をずるっとやり、ほっと湯気を吐く。

「どうだい」

「美味えな。やっぱし、ばあちゃんの味噌汁がいちばんだぜ」

「ふふ、他人様のまえで、そんなことを言っちゃだめだよ」

「言わねえさ。ところで、勘八のやつから聞いたかい」

「ああ、聞いた。五兵衛はたしかに、山城屋さんに押しいった盗人を捕まえた。でも、あれは手柄なんかじゃないって言ってたよ。だから、瓢次郎って名にも聞きおぼえがなかったのさ」

五兵衛は盗人を捕まえたあとも「どうもおかしい。しっくりこねえ」と、首を捻《ひね》ってばかりいたらしい。

凍死したのは、瓢次郎が島送りになった三月《みつき》後のことだった。

「死んじまった日は朝から、妙に鬱《ふさ》ぎこんでいたねえ。今頃は八丈にも雪が降ってるんだろうかって、そんなことをしきりに口にするもんだから、わたしも不吉な気分になったのを覚えているよ」

五兵衛はその晩、浴びるように酒を呑み、棺桶と湯船を取りちがえて死んだ。

瓢次郎が島送りになったことと五兵衛の死は、まったく関わりがないわけでもなさそうだ。が、今さら蒸しかえしても仕方ない。

「ほかには、何か言ってなかったかい」

「そうだねえ。これも死んじまった日のことだけど、舐《な》め猫《ねこ》が焼かれちまったとも言ってたよ」

「舐め猫」

「何でも、火付けをやった女の盗人が小塚原《こづかっぱら》で火焙《ひあぶ》りにされたんだとか」

「その女を、舐め猫と呼んだのかい」

「ああ。八丈の野郎が火焙りを知ったら、許しちゃおくめえとも言ってたねえ」

「許しちゃおくめえって、いってえ誰を」

「知るもんか。おおかた、女を塡《は》めた野郎のことだろ」

おはまはこともなげに言い、味噌汁のお代わりを掬《すく》う。

盗人を捕まえても手柄にしなかった五兵衛、島送りになった瓢次郎と火焙りにされた舐め猫の関わり、わからないことばかりで、益々《ますます》、頭が混乱してきた。

六

その夜、六兵衛は柳橋《やなぎばし》の『喜楽《きらく》』という料亭に浦島平内を誘った。

北町奉行に埋もれた裁許帳を繰り、平内に二十年前の出来事を調べてもらったのだ。

「六よ、あべこべじゃねえか。手下の岡《おか》っ引《ぴ》きにもてなされる同心なんざ、聞いたこともねえぜ」

「お手間を取らせたお礼でやすよ」

「もともとは、おれの頼みからはじまったことじゃねえか」

「それもそうだ。んじゃ、今宵は旦那に馳走になるってことでよろしいですかい」

「冗談言っちゃいけねえ。こっちはしがねえ廻り同心、おめえは大店《おおだな》の婿さんじゃねえか。今宵はありがたく、馳走になるぜ」

平内の言うとおり、六兵衛には庄左衛門という後ろ盾がいる。婿の立場で事情を打ちあけると、馴染《なじ》みにしている『喜楽』を紹介してくれたのだ。

平内はひとりではなく、丸眼鏡を掛けた細面の役人を連れてきた。

「こちらは例繰方《れいくりかた》の同心で、新藤縫之介《しんどうぬいのすけ》どのだ。北町奉行所の生き字引と称される御仁でな、たいていの仕置きは空で覚えていなさるのさ」

江戸幕府の開闢《かいびゃく》以降、南北町奉行所でとりあつかった出来事はことごとく記憶に留《とど》めているという。

「たいしたことはありません」

新藤は目尻の下がった気弱げな顔で、年下の平内にも敬語を使う。

ふだんは黴臭《かびくさ》い書物部屋に籠《こ》もっているので、柳橋のような花街に足を延ばす機会は稀《まれ》にもない。

「ささ、どうぞ」

六兵衛は新藤を上座に誘い、塗りの盃に諸白《もろはく》を注いだ。

膳《ぜん》には旬《しゅん》の食べ物が並び、なかでも鱸《すずき》の塩焼きは目を引いた。

「ほほう、出世魚のカマだな。こいつは脂が乗って美味そうだ」

平内は手酌で勝手に飲《や》りながら、さっそく箸を付けようとする。

「こほん」

新藤が空咳《からぜき》を放った。

「やはり、いかん。小役人の分際で、かように高価な魚はいただけませぬ。浦島どの、せっかくのお誘いだが、役目柄、かような接待を受けるわけにはまいらぬ」

「堅苦しいことを仰るな。払いは六兵衛の義父に任せておけばよい。そやつ、七福の庄左衛門と申しましてな、古着貸しでぼろ儲けしておる太《ふて》え野郎なんです。今宵の飲み代なんぞ屁でもねえ。遠慮はいりませんよ」

「なれど」

「新藤どのは袖の下に馴《な》れておらぬから、そんなふうに悩まれるのです。並の与力同心なら、これしきの接待はあたりまえ、なかには公金で飲み食いする輩《やから》もおるし、芸者をあげてどんちゃん騒ぎに興じる不埒者《ふらちもの》もおる」

「何と」

「あら、ご存じない。そうした連中のぬかす台詞《せりふ》がまた、ふるっておりましてな。どうせお上の金だから、使えるだけ使っちまおう。気に入った妓《こ》のためならば、お上の金をちょろまかしてでも貢《みつ》いでやるさと、かように豪語しておる始末。木っ端役人がこんな調子では世も終わりですな」

「ひどい、それはひどすぎる」

「ね、だから、今宵の宴席なんぞ可愛《かわい》いもんです。ささ、一献一献、カマさまカマさま」


新藤は平内に促され、盃を干した。

鱸のカマに箸を付け、嬉し涙をこぼす。

何やら、ややこしい男だなと、六兵衛はおもった。

酒がすすむうちに、新藤の舌は滑らかになっていった。

「ご存じのとおり、天神の瓢次郎が捕まったのは葉月《はづき》の朔《さく》でござった。山城屋惣介店《だな》より盗みだそうとしたは聖観音の木像一体のみ。丁稚久蔵の一報で雷門の五兵衛が幡随院門前に達したのは丑三つ刻。そのとき、瓢次郎は匕首を胸に突きたてられて気を失っており、山城屋に訊いたところでは、盗人の匕首を奪って返り討ちにせしめたとのこと、久蔵の証言がこれを裏付けてござる」

「まるで、みてきたようなお口振りですな」

「なんの、裁許帳の文面をなぞっておるだけでござるよ」

別段、目新しいものはない。

平内はカマを咀嚼《そしやく》しながら、六兵衛に喋りかけてきた。

「おれも裁許帳を繰ってみたけどな、付けくわえることは何もねえ」

「いいえ、浦島どの、まだござる」

新藤は箸を握ったまま天井をみあげ、静かに語りだす。

「その夜は亥《い》の刻《とき》（午後十時）過ぎから、氷雨が降りはじめました。雨の降る直前、馬喰町《ばくろちょう》で火の手があがり、公事宿《くじやど》数軒が丸焼けになった。それとほぼ同時刻、浅草橋の北詰にある加賀屋《かがや》なる塗箔屋《ぬいはく》が押しこみに遭っております」

死人や怪我人《けがにん》は出なかったが、加賀屋からは三百両余りが盗まれた。

「へえ、そんなことがあったのか」

「塗箔屋のほうが先んじていたので、捕り方の多くはそちらに割かれた。正直、山城屋の一件に関心を向ける者など、ほとんどなかったに相違ありませぬ」

「ちと引っかかるな。六よ、そうはおもわねえか」

「ええ、まあ」

曖昧《あいまい》に相槌《あいづち》を打つと、新藤がまた喋りはじめた。

「加賀屋は大店ゆえ、三百両ごとき盗まれただけでは潰れませんでした。されど、主人は縁起を担いで廃業しました」

「下手人は」

「ひとりだけ、盗人を手引きした舐め役とおもわれる女が捕まっております」

「舐め役」

「舐め猫のおたねと申す三十路《みそじ》手前の女で、盗みのあった半年前から加賀屋に住みこみで働いておりました」

「どうして、おたねなる者が手引きしたとわかったのだ」

「訴人《そにん》があったのでござる」

これこれしかじかと奉行所に訴えでたのは、おりくという夜鷹だった。

ところが、このおりく、奉行所に訴えた翌日には屍骸《むくろ》になって山谷堀《さんやぼり》に浮かんだ。

「殺しですか」

「ええ、首を絞められた痕《あと》がございました」

「つまり、何者かに殺された夜鷹の訴えで、おたねは捕まった」

「そうなりますね。おたねはどれだけ責めても自分の名以外は何ひとつ口を割らず、師走にはいってから小塚原で火焙りの刑に処せられました」

「火焙り」

「ええ、夜鷹が訴えたのは、馬喰町で火付けをやった下手人のほうでござった」

「なるほど、それで火焙りか」

「いかにも」

訴人のおかげで、火付けは加賀屋を襲うためにやったと関連づけられた。

「おたねには十の娘があったそうです。母ひとり、娘ひとり、神田の貧乏長屋で暮らしておったのだが、長屋はもうそこにござらぬ」

今は、草ぼうぼうのごみ捨て場と化している。

「母親が捕まり、娘はどうなったのです」

「さあ、そこまでは。裁許帳には娘の行方《ゆくえ》まで載っておりませぬゆえ」

「そりゃそうだ」

平内と新藤は、加賀屋と山城屋の一件を結びつけたがっている様子だ。

しかし、どう結びつくというのか、六兵衛には見当もつかなかった。

七

幡随院の門前、夾竹桃は益々勢いづき、燃えているかのようだ。

木陰から通りひとつ隔てた山城屋の様子を窺っていると、敷居の内から微《かす》かに三味線の音色が聞こえてきた。

刹那《せつな》、櫓を漕ぐ夜鷹の白い顔がふっと浮かんだ。

瓢次郎といっしょにいた夜鷹の顔だ。

「おしまか」

確信はない。

勘が当たっているかどうかは、本人に確かめてみればわかることだ。

半刻（一時間）ほど待ちつづけていると、案の定、おしまが三味線箱を抱え、表口から出てきた。

「やっぱし、そうなのか」

どちらの味方かは知らぬが、どうやら、おしまは山城屋と瓢次郎の両方に関わっているようだ。

いやが上にも、興味をそそられた。

妙な気分だ。ひょっとすると、胸の奥底に眠る岡っ引き魂に火を点けられたのかもしれない。

六兵衛は裾を割り、通りを横切った。

「よう、おしまじゃねえか」

「あら、うにゃ桜の親分」

「うにゃ桜はねえだろ」

「だって、その呼び名がしっくりくるんだもの」

さりげなく甘えてみせ、くくと性悪女のように笑う。

「親分、あんた、年下にゃみえないね」

「そうかい」

六兵衛は、こうした女の扱いに馴れていない。

「ま、いいや。ところで、何してる」

「山城屋さんに稽古《けいこ》をつけてあげたのさ」

「三味線のか」

「ほかに何があるってんだ。三味線は旦那のご趣味でね、そのわりには半年経《た》っても上達しないけど」

「山城屋を紹介したのは誰だい」

「あんたの義父《とと》さまだよ」

「え」

「半年前のことさ。柳橋の茶屋で知りあい、意気投合しちまったんだとかでね、偶さか山城屋さんが三味線を弾きたがっていたもんだから、義父さまがあたしを引きあわせてくれたってわけ」

爾来《じらい》、七日に一度は稽古をつけに山城屋まで通っているという。

「しみったれだの、六日知らずだのと悪口を言われているけれど、山城屋の旦那はできたお方さ。あたしには親切にしてくれるし、何でも肚を割って話してくれる」

おしまは切れ長の眸子で流し目をつくり、艶《あで》やかに笑ってみせる。

女の武器を使って山城屋を誑《たら》しこみ、妾《めかけ》にでもしてもらう気なのか。

いや、ほかに狙《ねら》いがありそうだ。

何らかの意図があって、山城屋に近づいたとしかおもえない。

六兵衛は真実を知りたくなった。

が、訊いても、まともには応えてくれまい。

「あんた、おこんにまた逃げられたのかい」

「夕暮れになれば、ちゃんと帰えってくるよ」

「帰ってきても、褥は別なんだろう。うふふ、あんたみたいな気弱な男に、じゃじゃ馬を手懐《てなず》けることはできないさ」

「おめえ、おこんのことが嫌えなのか」

「小娘がどうのってわけじゃない。あたしゃ、庄左衛門っておひとに惚《ほ》れているんだのだ。

「ふふ、戯言さ。驚いてんじゃないよ」

本音だなと、六兵衛は直感した。

庄左衛門を恋慕しているからこそ、ひとつぶだねの愛娘《まなむすめ》であるおこんが憎たらしい

のだ。

岡惚れ女の身勝手な悋気《りんき》なのかもしれない。

が、少なくとも、金目当てではなさそうだ。

ふたりは肩を並べ、蛇骨長屋へ戻ってきた。

別れ際、六兵衛はおもいきって訊いてみた。

「おめえ、まさか、島帰えりの男と知りあいじゃあんめえな」

おしまはぎくっとしたが、すぐに気を取りなおし、けたけた笑いはじめた。

「妙なことを仰る。でも、訊いたげるよ。あたしが島帰りの男と知りあいなら、どう

だってのさ」

「おめえの狙いが知りてえ。何だって、その野郎に関わるのか」

「ふん、十手持ちのあんたにわかるはずはないさ」

おしまは淋しげに漏らし、山梔子《くちなし》の甘い香りを残して木戸の向こうへ消えた。

八

にゃあにゃあと、猫どもがうるさい。

夕刻になり、庄左衛門がひょっこり顔を出した。

「おこんが風邪をひきやがってな、あっちにゃ賄《まかな》いの婆さんもいるし、今宵は泊まっていきてえらしい」

上《あ》がり端《はな》に腰掛け、すまなそうな顔をする。

その膝に、三毛猫がちんとおさまった。

「こいつめ、肥えていやがる」

六兵衛は気にしない。

「わざわざ、おこんのことを伝えにこられたので」

「そっちはついでだ。じつは、おしまのことでな」

「おしまが、どうかしやしたか」

身を乗りだすと、庄左衛門は帯に挟んだ煙管《きせる》を抜いた。

猫ののどを撫《な》でながら、美味そうに紫煙を吹かしだす。

六兵衛は煙草盆《たばこぼん》を取ってやり、ついでに茶を淹《い》れに立った。

「婿どの、気をつかわんでいい。茶淹れはおこんの役目だと言いてえところだが、おれが甘やかしてきたばっかりに、おめえさんにゃ迷惑の掛けどおしだ。このとおり、勘弁してくれ」

「おとっつあん、あっしはこれっぽっちも気にしちゃおりやせんぜ」

「ほ、そうかい。それなら、こんな調子でも我慢してくれるんだな」

「そりゃもう。あっしに特技があるとすりゃ、辛抱のふた文字くれえなもんでね」

「さすが、見込んだだけのことはある。おめえさんは打たれ強い男だ。それに何よりも、余計なことを喋らねえ。十手持ちにしとくにゃ、もったいねえ御仁だよ」

「正直、十手持ちにゃ飽き飽きしておりやしてね、ほかにできることがあればやりてえんだが、何かありやせんかね」

「ふふ、何でもやるかい」

「ええ」

「婿どのさえその気なら、うってつけの仕事がある」

「ほ、そうですかい」

「夜、町が寝静まったあとの仕事だ。日中は何もせずに、ごろごろしてりゃいい」

「ごろごろですかい、そりゃたまらねえなあ」

「しかも、そう長くは掛からない。せいぜい半刻、往復の移動をあわせても一刻（二時間）は超えまい」

「往復の移動。いってえ、どこへ行くんだろう。おとっつあん、その仕事ってのは何です」

「そいつはな。おっと、もう少しで喋るところだ。ま、今はまだやめとこう」

「って、そこまで引っぱっといて、そりゃねえでしょう」

「黙れ。おしまの話をせにゃならん」

「おっと、そうでやした」

「おしまは十年来の店子でな、今では家族も同然だ。家族が困っていたら、助けてやらにゃならん。それが、大家の代行をつとめるおめえの役目でもある」

「え、おいらの」

「そうだよ」

「いつから、大家の代行になったので」

「最初《はな》からだろうが。惚《とぼ》けたことをぬかすな」

「はあ」

「そんなことより、幡随院の門前で仏具屋をいとなむ山城屋惣介は知っているかい」

「ええ、知っておりやすよ」

「なら、話は早い。婿どのを十手持ちとしてではなく、俠気《おとこぎ》のある男と見込んで喋るのだ」

「俠気か、何やら縁遠いことばの気もするけどな」

「よいか、これからする話は、おしまの生いたちと深く関わっておる。どうだ、仕舞いまで聞く気があるんなら、話してやってもいい」

返答をする余裕も与えず、庄左衛門は勝手に喋りだす。

「あやつは盗人の娘でな、しかも、父親は長らく八丈島送りになっていた」

「もしや、父親ってのは天神の」

「しっ、余計な口を挟むな」

「へ」

「父親だけではないぞ。母親も盗人の手伝いをやらされておった。今から二十年もむかしの話だが、母親は仲間の差し口があって捕まり、火付けの罪に問われた。そのとき、おしまは母親の機転で大家に預けられたそうだ。哀れな母親は、小塚原で火焙りの刑に処せられた。おしまは涙橋《なみだばし》の手前から、母が焼かれる様子をじっとみていたそうだ。惨い話じゃないか、なあ」

「へい」

おしまは母を亡くしたのち、不幸な運命をたどることになる。岡場所の置屋に売られ、五年ものあいだ、襤褸屑《ぼろくず》も同然に働かされた。それでも、見よう見まねで三味線を覚えたことが功を奏することになる。

二十の手前で深川の置屋へ鞍替《くらが》えでき、座敷を重ねながら腕を磨いていった。ところが、かなりの売れっ子になったとき、性悪な男に騙《だま》されて一文無しも同然になった。あげくのはてには店の金に手を付け、それがばれて深川から追いだされた。

「それで、浅草へ移り、蛇骨長屋に身を寄せたってわけだ。これも何かの縁だろう、な」

「はあ」

「おしまの素姓を知ったな、つい最近の話だ。盗人の娘だからといって、追いだす気にはなれねえ。そんな不人情なことができるかってんだ。幼子に罪はねえ。おしまは懸命に生きてきた。おれはよ、不幸な生いたちの者を放っちゃおけねえ性分なんだ」

庄左衛門は口調まで変え、ぐしゅっと手鼻をかむ。

三毛猫が驚いて、どこかへ去っていった。

どこまでが真実で、どこまでが演技なのか、まったくわからない。

が、六兵衛も貰い泣きしそうになっていた。

「おめえが島帰えりの男を追っているのは知っている。おしまに聞いたのさ。ああ、そうだよ。天神の瓢次郎が、おしまの父親さ。家尻切《やじりき》りの名人でな、瓢次郎の手に掛かれば破れねえ土蔵はねえ。へへ、伝説の蔵荒らしなのさ」

なぜ、庄左衛門は「伝説の蔵荒らし」を知っているのだろうか。

しかし、六兵衛は考える暇を与えてもらえない。

「母親は舐め猫のおたね、押しいるさきの商家に出入りし、金の在処《ありか》をつきとめる。そして、盗みの当日は手引きもする。家人も知らぬまにそばに忍びこんでいる、猫みてえな女さ。おしまによれば、瓢次郎とおたねは他人も羨《うらや》むほどのおしどり夫婦だったらしい。そのふたりが、山城屋惣介に裏切られた」

「裏切られた」

「ああ、そうだ。惣介も盗人仲間だったのさ」

二十年前の葉月朔日、三人は茅町《かやちょう》の塗箔屋『加賀屋』を襲った。

おたねは住みこみで下働きをしながら、隠し金の在処をみつけていた。しかも、当夜は付け火までやらかした。捕り方の注意が火事に引かれている間隙を衝《つ》き、まんまと三百両余りの金をせしめたのだ。

首魁《しゅかい》は瓢次郎、惣介は右腕だった。

一味が尻尾《しっぽ》を捕まれなかったのは、瓢次郎が惣介に仏具屋をやらせていたからだ。まさか、顔のよく知られた商人が盗人だとは誰もおもわぬ。盗み金はすべて、仏具屋の頑強な錣蔵《しころぐら》に納められていた。

「なあるほど、そういうことかい」

六兵衛にも、大筋は読めた。

手下の惣介が盗み金を独り占めすべく、瓢次郎を刺したのだ。

ところが、思惑に反し、瓢次郎は一命をとりとめた。

沙汰《さた》が下りるまで瓢次郎が沈黙を通したのは、生きていたいがためだったにちがいない。

あくまでも、自分は仏具屋に押しいった小悪党、そういうことにしておけば死罪は免れる。生きのびることさえできれば、いずれ、裏切り者を葬る機会も訪れよう。

瓢次郎はおたねとおしまの無事を祈りつつ、八丈島に流されていったのだ。

「このあたりの経緯《いきさつ》には、おめえのおとっつあんが深く関わってくる。なにせ、虫の息の瓢次郎を介抱して生かし、事をややこしくした張本人だからな。これも何かの因縁だとはおもわねえか」

一方、おたねは惣介が裏切ったことも知らず、瓢次郎からの連絡を待ちつづけた。惣介はみずからおもむき、瓢次郎が下手を打ってお上に捕まったと説いた。おしまによれば、おたねは惣介の話を信じ、悲嘆に暮れたという。が、いずれは、裏切りがばれてしまう。

惣介はそのことを恐れ、行きずりの夜鷹に金を渡して訴人をやらせた。付け火をやった女をみたと、訴えさせたのだ。

おたねは捕まり、火焙りになった。

瓢次郎は何年も経ってから、島流しになった咎人《とがにん》の口から事の一部始終を報《しら》された。当時、おたねの凜々《りり》しい死に様は、巷間《こうかん》でも噂になっていたのだという。

「瓢次郎はいつか恨みを晴らそうと、その気持ちだけで生きながらえた。そして、その機を得た。神仏は見放さなかったというわけだ」

「おしまはもう、邂逅しやしたね」

「ああ。ご赦免になる日を事前に調べ、夜鷹に化けて近づいた。なぜかといえば、おめえがいたからさ。すがたをさらせば、関わりをくどくど説明しなくちゃならねえ。

そいつが面倒だったらしい」

おしまは父親を説得し、復讐《ふくしゅう》をおもいとどまらせたかった。

そのために邂逅を果たし、ねぐらまで用意してやったという。

「もちろん、瓢次郎はあきらめきれねえだろうさ。山城屋の命を奪う。それだけが生きる支えだったのだからな。ところが、おもいがけない娘の登場で事情は変わった。生きる支えが、ほかにできちまったというわけだ。瓢次郎は今、胃袋に穴があくほど悩んでいる。山城屋惣介を殺《や》るか殺られねえか、可愛い娘の顔をみたら、命が惜しくなったのよ」

「話の途中ですけど、ひとつよろしいですか」

「何だよ」

「瓢次郎は小悪党じゃねえ。首がいくつあっても足りねえほどの大物みてえだ。そんな野郎を野放しにしといていいのかなあと」

「おっと、そうきたか。十手持ちのおめえとしちゃ、黙って見過ごすわけにゃいかねえと、こういうわけだな」

「ええ、まあ」

「だったら、のうのうと良い目をみてきた仏具屋はどうする。放っておくのか」

「いいえ、そっちも何とかしなくちゃなりやせんね」

「そうだろう。でもな、堅《かて》えことは言うな。瓢次郎は殺しをやったわけじゃねえ。盗みにはいったさきは、大商人ばかりだ。身代を潰された者もいねえんだし、どっちにしろ、二十年も島で罪を償ってきたんだ。それでいいじゃねえか、勘弁してやれ」

なるほど、二十年は長い。六兵衛はあっさり言った。

「ま、仕方ねえか」

「そうこなくっちゃな。ともあれ、おれの勘じゃ、瓢次郎はやっぱし、惣介を殺ろうとするだろう。そいつを何とか、おもいとどまらせてえ」

「おとっつあん、なんで、そこまでやるんです」

「言ったろう。店子は我が子も同然だって。江戸っ子ってのはよ、俠気を売り物にしてんだぜ。これが、指を銜えてみていられるかってんだ」

「いってえ、どうしようってんです」

「瓢次郎の溜飲を下げてやる。要は、惣介をぎゃふんと言わせてやりゃいいのさ」

「ぎゃふんと」

「おれに良い考えがある」

惣介にわざと商家の蔵を襲わせ、六兵衛に縄を打たせるのだという。

「段取りはな、もうできちまってるんだよ。おしまに、舐め役をやらせるのさ」

「え、舐め役を」

「へへ、驚いたかい。あとは仕上げをご覧《ろう》じろ」

庄左衛門は金歯を光らせ、不気味に笑う。

まるで、盗人の首魁じゃねえかと、六兵衛はおもった。

九

おしまに手引きの舐め役をやらせ、惣介を焚《た》きつけて商家を襲わせる。

そうした大胆な企てが、一朝一夕にできるわけもない。

すでに半年前、瓢次郎の赦免がきまったときから練られていたのだ。

惣介はおしまにとっても憎むべき母親の仇《かたき》、八つ裂きにしても足りない相手であった。

どうにかして、懲らしめてやりたい。

その一念で仇に近づき、手練手管を使って上手に取りいった。

探りを入れると、惣介は大きなヤマを踏みたがっているのがわかった。手下は番頭の久蔵ひとり、これがてんで頼りにならない。そこで、おしまは庄左衛門と相談のうえ、罠《わな》を仕掛けることにきめた。自分は舐め猫だと惣介に告白し、盗みの片棒を担ぐ申し出をおこなったのだ。

当初は警戒されたものの、おしまはあきらめなかった。お宝が容易に手にはいるかいっしょにやらないかと、蛇のような執念で誘いつづけるうちに、惣介は盗人の本性を剝きだしにしはじめた。そうなればしめたもの、あとは決行の段取りを伝授してやるだけでよかった。

皐月《さつき》二十六夜。

おこんは捨て猫を一匹胸に抱き、木戸番小屋に戻ってきた。

みずからの意思ではなく、父親の庄左衛門に命じられたのだ。

「今宵、おまえさんは手柄をあげるはず。だから、切火《きりび》を切ってやれって、おとっつあんに言われたのさ」

「ふうん、めずらしいこともあるもんだ。何か聞いたのか」

「聞いてないよ」

おこんは長い睫毛《まつげ》を伏せ、口を少し尖《とが》らせた。

「おとっつあんが良い顔をしないから、訊かないようにしているのさ」

幼いころから、ずっとそうだった。

「でも、何かあるって夜は、からだが震えてくるんだよ」

「恐いのか」

「さあ、どうなんだろう。これって、武者震いかもしれない」

「頼もしいな」

「もうすぐ亥の刻だね、行くのかい」

「ああ、木戸を閉めてから来いって言われてる」

六兵衛はやおら立ちあがり、錆《さ》びた十手を帯に差した。

おこんは顔をしかめつつも、燧石《ひうちいし》を手にして従《つ》いてくる。

「じゃ、気をつけてね」

「おう、行ってくらあ」

一家の大黒柱にでもなった気分だ。

耳もとで火花を散らされ、勇んで通りに躍りでる。

六兵衛は肩で風を切りながら、大股《おおまた》でどんどんすすんだ。

四《よ》つ辻《つじ》で振りかえったが、おこんのすがたは門口にない。
「ちっ、いやがらねえ」
切火を切ったら、後ろ姿を見送るのが女房のつとめだろうが、あん。
「あん、あん、あん」
と顎を突きだし、先を急ぐ。
妙だ。いつもの自分ではない。
あきらかに、感情が高ぶっている。
獲物の惣介も、そろそろ支度をはじめたところだろう。
盗人どもは、町が寝静まったころにやってくる。
六兵衛は、雷門の門前までやってきた。
門前の広小路に人影はない。
――火の用心、さっしゃりませ。
遠くから聞こえてくるのは、番太郎の打つ拍子木の音だけだ。
空は暗く、風が少し吹いている。
真夜中過ぎにならねば、眠ったような月は昇ってこない。
大路に面した店の軒先には、下げ行灯《あんどん》が連なっている。

だが、町のほとんどは漆黒の闇に支配されていた。

「盗人にゃ好都合な夜だな」

それにしても、大胆なことを考えついたものだ。

惣介に狙わせる商家というのは、『七福』にほかならなかった。

中庭には稲荷の祠《ほこら》があり、祠のなかには慶長小判の詰まった千両箱がふたつ隠されている。

おしまがその話をすると、惣介は当初こそ一笑に付したものの、詳しい配置や段取りを説き、やればかならず成功すると暗示に掛けるうちに、次第にその気になってきた。そして、ついに、忍びこむ決意を固めたのだ。

無論、舐め役はおしまだ。

薬で家人を眠らせ、惣介と久蔵を導く手筈《てはず》になっている。

すべては、庄左衛門の描いた筋であった。

なるほど、自分の店を襲わせるのならば、誰にも迷惑は掛からない。

しかし、いくら同情を禁じ得ないからといって、家主が店子のためにここまで肚を括《くく》るだろうか。

庄左衛門とおしまは、もっと強い絆《きずな》で結ばれているような気がしてならない。

──強い絆。

それはいったい、何だろうな。

六兵衛はあれこれ考えながら、七福の表口に近づいた。

周囲に目を配る。

人の気配はない。

わずかにためらったのち、板戸を三度敲《たた》く。

「おれだ、あけてくれ」

戸が微かにひらき、手燭《てしよく》の灯《あか》りが漏れた。

白い腕に差しまねかれ、潜り戸を抜ける。

「お待ちしておりましたよ」

おしまだ。

灯りに照らされた顔は仄白《ほのじろ》く、真紅の唇もとが際立っている。

「さ、こちらへ」

六兵衛は脱いだ雪駄《せった》を帯に挟み、裾を端折《はしよ》って長い廊下《ほそどの》を渡った。

盗人があらわれるまで、まだ半刻ほどの猶予はある。

「おしま」

「何ですか」

「惣介のやつも、こんなふうに導いてやるのかい」

「ええ、そうですよ。なにせ、あたしゃ舐め猫ですからね」

「敵さん、すっかり信用しているようだな」

「さあ、どうだか。欲に目が眩《くら》んじまっただけでしょ。さ、無駄話《むだばなし》はよして奥のほうへ。旦那さまが寝所でお待ちかねですよ」

寝所から、有明行灯の灯りが漏れている。

主人の庄左衛門は胡坐《あぐら》を掻き、夜具を肩に引っかけていた。

猫背で煙管を喫《す》いながら、ぎょろ目を剝く様子は、錦絵《にしきえ》に描かれた石川五右衛門《いしかわごえもん》のようだ。

「ぬほほ、来たか、婿どの」

「はい、おことばに甘えまして」

「おこんのやつは、どうしておった」

「ちゃんと、切火を切ってくれましたよ」

「よし、おぬしらの仲も一歩すすんだな」

「はあ」

「おしまもご苦労。されど、これからが本番。抜かるなよ」

「はい、承知しております」

おしまは眸子を潤ませ、畳に三つ指をついた。

まるで、五右衛門の命に従う手下のようではないか。

「段取りは簡単だ。おしまは盗人どもを稲荷の祠へ導く。連中が千両箱を抱えて逃げだそうとしたところを、六兵衛、おめえが取りおさえろ」

「え、おいらが」

「そうだよ。でけえ図体《ずうたい》でぶちかましてやれ。あれれ、十手持ちのくせして、びびってんのか」

「でえち、匕首を呑んでいるかもしれやせんよ」

「そりゃ、呑んでいるだろうさ。なあ、おしま」

「うふふ、匕首なんぞ恐がっていたら、悪党を捕まえられないよ」

おしまは威勢良く言いきり、白い咽喉《のど》をみせて笑う。

悪党の手下にでもなった気分だ。

庄左衛門は紫煙を吹かし、胸を張った。

「心配えするない。おれはこうみえても、柔術が得意でな。いざとなったら、助っ人に入《へ》えってやるよ」

不敵に笑う舅《しゅうと》の顔が、六兵衛には鬼にみえた。

十

山梔子の香りがした。

築地塀《ついじべい》に囲まれた中庭は、さほど広くもない。

狭いなりに瓢箪池《ひょうたんいけ》や築山《つきやま》がつくりこまれており、稲荷の祠は石の太鼓橋を渡ったさきにあった。魔除《まよ》けの縁起木として知られる槐《えんじゅ》の木が枝ごと後ろから覆いかぶさり、萩《はぎ》に似たかたちの白い花を咲かせている。

祠の四方は池なので、誘いこめば逃げ場はない。

「なるほど、獲物を誘いこむには打ってつけのところだぜ」

六兵衛は、槐の木陰に隠れて待った。

空を仰げば、群雲が流れている。

すでに、子《ね》の刻（午前零時）は近い。

「そろそろだな」

山梔子の花は、簾戸門《すどもん》の内に咲いていた。
仄白い顔が、ぽっと浮かんでみえる。
おしまだ。
しっとりと濡《ぬ》れたような白い顔、咲いたばかりの山梔子のようだ。
背後には鼠が二匹、影のようにつづいている。
「来やがった」
柿色装束《かきいろしょうぞく》に身を包んでも、惣介と久蔵であることはすぐにわかった。
「こっちだよ、早く」
おしまに手招きされ、鼠どもは太鼓橋の端までやってくる。
「さきに行け」
惣介に背中を押され、おしまが橋を渡ってきた。
二匹がつづく。
六兵衛は首筋に力を込めた。
毛穴から汗が吹きでてくる。
流れる汗を舌で舐めた。
おえっ。

「ん、あったぞ」

惣介の囁きが聞こえてきた。

祠から千両箱を取りだし、後ろで待つ久蔵に手渡している。

箱には錠が掛かっておらず、中味はすぐに確認できた。

「へへ、正真正銘の慶長小判だぜ」

惣介は、みずからも千両箱を担いだ。

六貫（約二十三キログラム）近くはある。そうとうに重い。

二匹は千両箱を担ぎ、祠に背を向けた。

と、そのとき。

太鼓橋の向こうに、突如、龕灯《がんとう》が光った。

庄左衛門が、岩のように立ちはだかっている。

「盗人ども、覚悟せい」

肚の底から吼《ほ》え、土を蹴りあげた。

丸腰のまま、橋のうえを駆けてくる。

「うわっ」

二匹は圧倒され、祠のほうへ戻ってきた。

先頭の久蔵が、槐の木陰に飛びこんでくる。

六兵衛は、咄嗟《とっさ》に膝を突きだした。

「ぐふっ」

うまいぐあいに、膝頭が鳩尾《みぞおち》に食いこむ。

久蔵は千両箱を取りおとし、地べたに蹲《うずくま》った。

愕然《がくぜん》とした惣介の顔がそばにある。

六兵衛は、のっそりと乗りだした。

「ひぇっ」

惣介は千両箱を担いだまま、くるっと踵《きびす》を返す。

必死の形相で、太鼓橋に戻っていった。

庄左衛門が両手をひろげて待っている。

惣介は懐中に手を入れた。

「この野郎、死にさらせ」

匕首を抜き、倒れこむように突きかかってゆく。

「何の」

庄左衛門はひらりと躱《かわ》し、匕首を握った腕ごと搦《から》めとった。

素人《しろうと》の動きではない。

口端に笑みすら浮かべ、搦めとった腕を捻りあげる。

「うえっ……い、痛え」

惣介は激痛に耐えかね、千両箱を取りおとす。

箱は石橋のうえで跳ね、黄金色の小判がばらまかれた。

蠢《うごめ》く池の水面《みなも》をみやれば、鯉《こい》どもが口をあけて待っている。

「六兵衛、何していやがる。早く、縄を打たねえか」

「へ、へい」

庄左衛門に怒鳴りつけられ、言われるがままに駆けよった。

惣介の背中を足で踏んで縄を掛け、久蔵も後ろ手に縛りつける。

ふたりを槐の幹に縛りつけたところで、庄左衛門はぱちぱち手を叩いた。

「よし、うまくいった。六兵衛、この場は頼んだぜ」

まるで、乾分《こぶん》扱いだ。

「おとっつあんは、どこへお行きなさる」

「待ってな、すぐに捕り方を連れてきてやるからよ」

庄左衛門は袖をひるがえし、簾戸門の向こうへ消えていった。

気づいてみれば、おしまもいない。

「おい、ぐずろ兵衛」

縛られた惣介が、血走った眸子を向けてきた。

「おめえも、あいつらの仲間なのか」

「いいや」

「なら、何でここにいやがる」

「成りゆきさ」

「手を貸してくんねえか。どうやら、おれは塡められたらしい。なぜだか知らねえが、おしまと損料屋に塡められたんだ。七福の庄左衛門は、ありゃ、ただ者じゃねえ。なあ、助けてくれ。謝礼ならいくらでもする。嘘は言わねえ。おれは盗人だ。盗み金はぜんぶ、土蔵に貯《た》めてある。ちったあそっとで破ることのできねえ錣蔵さ。そんなかで、小判がぶんぶん唸《うな》っていやがるんだ。見逃してくれたら、そいつを半分、おめえにくれてやる。木っ端役人を手懐ける袖の下とは桁《けた》がちがうぜ。へへ、どうでえ、申し分のねえ条件だろうが。さあ、土蔵にいくらあるか教えてやろう。聞いたら、目玉が飛びだすぜ」

六兵衛はぴくりとも反応せず、右の拳を握った。

――ぶん。
丸太のような腕が唸りをあげ、盗人の顎をとらえる。
惣介は鼻血を散らし、気を失った。
盗人どもの口に猿轡《さるぐつわ》をかませ、祠のまえにしゃがみこむ。
中庭に沈黙が訪れ、心細い気分になってくる。
ぽちゃんと水音が聞こえ、大きな鯉が跳ねた。
待てど暮らせど、庄左衛門は戻ってこない。
いつのまにか、六兵衛は眠ってしまった。
ふと、目を醒《さ》ます。
二匹の鼠は、槐の幹に縛られたままだ。
耳を澄ませば、遠くで呼子が鳴っている。
間の抜けた音だなと、六兵衛はおもった。
呼子は次第に近づき、簾戸門のそばで鳴りやんだ。
「こちらです。お役人さま」
庄左衛門に招じられ、捕り方が躍りこんできた。
小者を率いる同心は、浦島平内にほかならない。

朱房《しゅぶさ》の十手を握り、いつになく凜々しい感じだ。

呼子を握った勘八が、金魚の糞《ふん》よろしく従いてくる。

「浦島さま、あれを、うちの兄ぃでやんすよ」

「どれどれ、お、ほほほ、やったじゃねえか」

「兄ぃ、うはは、お手柄、お手柄」

まっさきに、勘八が橋を渡ってきた。

「医者の念朴が呼びに来やしてね、いやあ、びっくりしたぜ。兄ぃが大立ちまわりのすえ、極悪非道な盗人どもを捕まえたっていうじゃねえですかい。こいつは一大事、押っ取り刀で加勢に馳《は》せさんじたってなわけでさあ」

「勘八、医者の顔をみたのはいつだ」

「ほんの少しめえですけど」

「何だって」

庄左衛門め、一刻近くも何をしていたのだ。

橋の向こうを睨《にら》みつけても、本人は笑っている。

悠然と構え、平内を祠に導いた。

「ささ、浦島さま、盗人の顔をとっくりご覧なさい」

「よし、みてやろう」

平内は六兵衛を労《ねぎら》い、槐のほうへ身を寄せる。

「あれ」

絶句した。

「こいつ、仏具屋じゃねえか」

勘八も横から鼻を突きだす。

「あ、こっちの間抜け面は番頭だ」

「いってえ、これはどうしたことでえ」

平内に訊かれ、六兵衛は肩をすくめた。守れと命じられた相手を縛りつけてしまったのだ。事情はどうあれ、平内への申し訳はたたない。

「旦那、勘弁しておくんなせえ」

ぺこりと頭をさげると、平内は鼻の穴をほじった。

「ま、しゃあねえ。事情は本人に訊いてみよう」

ところが、猿轡を外されても、惣介は何ひとつ応えられない。

自分がなぜ塡められたのか、見当もつかないのだ。

「くそったれ、煮るなり焼くなり勝手にしゃがれ」

惣介はひらきなおり、がっくり項垂《うなだ》れた。

「ふん、観念しやがった。ほんじゃ、おのぞみどおり、獄門台にさらしてやるか。なあ、六兵衛」

「へえ」

六兵衛は平内に向かい、蚊《か》の鳴くような声で応じた。

どうも、すっきりしない。

庄左衛門の企《たくら》みに、まんまと乗せられてしまった。

だが、すっきりしない理由は、それだけではない。

自分のあずかり知らぬところで、何かがおこなわれたのではないか。

このたびの企てには、もう一枚裏があるようにおもえてならなかった。

十一

二十六日の同夜、雷門からさほど遠くもない幡随院門前の商家で土蔵破りがあった。

ほかでもない、狙われたのは山城屋の土蔵である。

盗人の惣介をして「ちったあそっとで破ることのできねえ」と言わしめた鎹蔵だ。

鍛蔵とは鎧《よろい》を着せたような頑強な造りの土蔵で、家尻切りに優れた盗人でなければ破ることはできない。

これを、半刻も掛からずに破った名人がいたらしい。

「鬼の居ぬ間の洗濯ってやつさ」

そっと教えてくれたのは、平内であった。

盗まれた金は、五千両はくだらぬという。

無論、惣介が営々と貯めつづけた盗み金だ。

「それにしても、盗人の蔵を狙うとは、太《ふて》え連中だぜ」

この一件が表沙汰になると、厄介な役目がひとつ増える。

盗まれたのは盗み金だし、迷惑の掛かる者もいない。

それゆえ、鍛蔵が破られた件は文字どおり、お蔵入りになる公算が大きいという。

惣介は、地団駄《じだんだ》を踏んで口惜しがったにちがいない。

しかし、いくら吠えようが、聞く耳を持つ者はいなかった。

土壇場に引きずりだされ、斬首《ざんしゅ》されるのを待つしかあるまい。

六兵衛は逆柱《さかばしら》に背中をもたせかけ、終日《ひねもす》、ぼうっと考えつづけた。

おしまは、本物の舐め猫だったのかもしれぬ。

そんな気がしてならない。

鎹蔵に狙いをつけ、山城屋に近づいたのだ。

そして、まんまと獲物を生《い》け簀《す》に誘いこんだ。

ただし、鎹蔵を破るには外せない条件がひとつある。

家尻切りの名人を仲間に引きいれぬかぎり、成功はおぼつかない。

その名人の赦免を待ち、心を砕いて説得する必要があった。

おそらく、すべては最初から仕組まれていたことなのだ。

名人は二十年ぶりに邂逅を果たした娘に懇々と説かれ、仕舞いには折れた。

そうなれば、あとは企てを実行に移せばよいだけだった。

六兵衛が七福の中庭で惣介と久蔵を見張っていたあいだに、山城屋の鎹蔵は破られたのである。

「一杯食わされたな」

だが、騙されても、口惜しいばかりではない。

おしまの生いたちを聞いてしまったからかもしれぬし、瓢次郎が島で抱きつづけた執念に打たれたからかもしれぬ。

出しぬかれたことは口惜しいが、一方では心地よい感じもある。

そんな自分自身が、六兵衛は不思議でしょうがなかった。

皐月二十八日は川開き、日没とともに大川に花火が打ちあげられる。

夕刻、六兵衛は大川端を散策しながら、薬研堀までやってきた。

『うな萬』の暖簾が、誘うように揺れている。

ためらうこともなく、足をむけてみた。

暖簾を振りわけると、床几の奥に男がいた。

「いやがった」

天神の瓢次郎は、今日も鰻の筏焼きを注文したようだ。

娑婆の空気を吸ったはずなのに、むさ苦しい風体《ふうてい》は変わりない。

ひしゃげた岩のような面で盃の縁を舐め、平皿に載った筏焼きを穴のあくほどみつめている。

こちらの気配を感じとったのか、瓢次郎はついっと顔をあげた。

「お、来たな」

相好をくずし、手招きをする。

六兵衛は、憮然《ぶぜん》とした顔で近づいた。

「どうしたい、若親分、怒ってんのか」

「別に」

「まあ、座れ。おれが一杯、奢《おご》ってやる」

「ずいぶん、羽振りがいいな」

「ふふ、そうでもねえさ」

「何やら、楽しそうだぜ」

「おほっ、そうみえるかい」

「山城屋の鎹蔵、あんたがやったんだろう」

六兵衛は注がれた酒も呑まず、睨みつけてやる。

一瞬、空気は凍りつき、瓢次郎は真顔になった。

が、すぐさま口許《くちもと》をほころばせ、にんまり笑ってみせた。

「ま、いいじゃねえか。堅えことは言いっこなしだ。さ、ぐいっといけ、ぐいっと」

六兵衛は促され、一気に酒を流しこむ。

「へへ、良い呑みっぷりじゃねえか。さ、もう一杯」

瓢次郎は酒を注ぎながら、眸子をじわっと潤ませた。

「おめえのおとっつあんと、こんなふうに酒を酌み交わしたかったな」

虚を衝かれ、六兵衛は押し黙った。

「こいつは供養の酒だ。五兵衛親分とおたねに……六の字、おめえも盃を上げてくれ」

ぽんと、花火が打ちあがった。

「お、はじまったぜ」

『うな萬』の小窓からも、見物客で立錐《りっすい》の余地もない両国の大橋を見渡すことはできる。

「夏が来やがったな」

瓢次郎は、芯から嬉しそうにつぶやいた。

――ぽん、ぽん。

轟音《ごうおん》とともに、太い竹筒から大玉が飛びだす。

――どどん、どん。

江戸の夜空に、大輪の花が咲いた。

「玉やあ、鍵やあ」

水涸《みずが》れの季節は、すぐそこだ。

六兵衛は久方ぶりに、美味い酒を馳走になった。

忘れ文

一

暑い。茹《う》だるような暑さで、骨抜きになっている。

のどが渇いてたまらず、朝から水ばかり呑《の》んでいた。

呑んでは汗を掻《か》き、掻いては水を呑む。その繰りかえしだ。

何かものを考えようとすると、頭のなかは真っ白になる。脳味噌《のうみそ》も溶けてしまったのだろう。

木戸番小屋は風が抜けず、蒸し風呂《ぶろ》も同然なので、おこんは夕暮れにならねば帰ってこない。

水無月《みなづき》になってからは、三日に一度しか帰ってこなくなった。

帰ってくると浴衣《ゆかた》で涼み台に座り、歌舞伎《かぶき》役者の大首絵が描《か》かれた団扇《うちわ》をあおぎつつ、遠い目でつぶやくのだ。

「ああ、悲しい」

自分のことを言われているようで、六兵衛は切なくなってくる。

なぜ、こうも嫌われているのだろう。

昨日、少しでも涼を得ようと、金魚鉢ごと金魚を買った。

ところが、ちょっと目を離した隙《すき》に野良猫にぜんぶ食われてしまい、そのことが原因でまた、間抜け呼ばわりされている。

「今日も帰《け》えってこねえな」

六兵衛は逆柱《さかばしら》にもたれ、空の金魚鉢を眺めた。

西陽《にしび》を反射させ、硝子《ギヤマン》の表面が煌《きら》めいている。

「ほう、こいつは綺麗《きれい》だ」

ぽつんと漏らし、畳に転がった冊子を何気なく手に取った。

表題に『天山《てんざん》流砲術指南』とある。

「何だこりゃ」

読本《よみほん》や絵草紙はよく借りるが、軍学書のような難しい本は借りた例《ため》しがない。

何かに紛れて借りてしまったか、店子《たなこ》の誰かがうっかり置きわすれていったか、いずれかだろう。

店子だとすれば、かぎられてくる。

「兵藤の旦那《だんな》か」

しかし、あのしょぼい浪人が砲術指南書を繰るとはおもえない。

六兵衛は指を舐《な》め、冊子をぺらぺら捲《めく》った。

すると、一枚の紙切れが畳に舞いおりてきた。

「ん」

眺めてみれば、丁寧な筆跡《て》で女文字が綴《つづ》ってある。

「ええ……何たら大木戸にて御身を拝しまいらせそうろうときより、この胸はときめき、身を焦がす想《おも》いは日毎《ひごと》につのるばかり。御身のことを想い患い、親しき相手と語らうときも、おもしろき絵草紙を読みたるときも、心ここにあらず。恨むべきは邪悪《よこしま》なるわが心。されど、奔流のごとき恋情《おもい》は抑えがたきものなり。今宵《こよい》も邯鄲《かんたん》の夢枕《ゆめまくら》にて御身に御めもじいたしたくそうろう。かしこ……なあんだ、懸想文《けそうぶみ》じゃねえか」

細長く折りたたんだ跡がある。

験《ため》しにたたんでみると、紙縒《こより》になった。

「元結《もっとい》か」

懸想文を貰《もら》った男がみずからの髷《まげ》に結び、女の恋情《おもい》を受けとった意思をしめしたにちがいない。紙を髪に結ぶという行為は、神にかけて結ばれることを祈念するまじないでもあった。

文面から推すと、綴ったのは武家娘のようだが、かならずしもそうとはかぎらない。ただし、貰った男は十中八九、侍であろう。侍でなければ、砲術指南書など読むはずはないからだ。

紙は黄ばんでおり、新しい文ではなさそうだった。

何たら大木戸というのは高輪《たかなわ》か、それとも、四谷《よつや》であろうか。

出だしの二文字だけが滲《にじ》んでおり、読みとることができない。

文字を滲ませたのは、文を綴った女の涙なのか。

「いや、ちがう」

よくみると、紙の端にも黒ずんだ染みがある。

「これは……血じゃねえか」

おもわず、文を抛《ほう》りなげた。

と同時に、一陣の風が舞いこんでくる。

懸想文はふわりと躍り、六兵衛の手許《てもと》へ戻ってきた。

「うえっ、戻ってきやがった」

冷や汗が吹きだした。

まるで、見えざる者の意思がはたらいたかのようだ。

「不思議なこともあるものだな」

紙を丁寧にたたみ、袖《そで》のなかに仕舞う。

気づいてみれば、土間の中央に毛深い浪人が立っていた。

「よう、ぐずろ兵衛」

兵藤氷室之介である。

自慢の継《つ》ぎ竿《ざお》を肩に担いでいる。

「ちと、涼みに行かぬか」

夜釣りの誘いだった。

鉄砲洲《てっぽうず》のあたりから小舟で漕《こ》ぎだし、品川《しながわ》沖に釣り糸を垂れるのだ。

たいした釣果は期待できぬが、涼しい気分は味わえる。

「どうだ」

小さな眸子《まなこ》をしょぼつかせる氷室之介に向かい、六兵衛は冊子をみせた。

「旦那、こいつをご存じありやせんか」

「砲術指南書か、知らぬなあ」

「やっぱし」

「天山流と申せば、高遠藩の御家《おいえ》流だ」

「高遠藩」

「ああ、信州高遠藩三万三千石、藩主は内藤頼以《ないとうよりもち》さまだ。信州でも山間《やまあい》にあるだけに貧乏な藩でな、家紋をもじって、『裾《すそ》から襤褸《ぼろ》が下がり藤』なぞと揶揄《やゆ》されておる。天山流砲術は安永《あんえい》年間（一七七二〜八一）、藩士坂本天山《さかもとてんざん》によって創始された。山城の正面には砲台が据えられ、山砲が隆々と筒先を天に振りむけておる」

「ずいぶん、お詳しいことで」

「わしは元松代《まつしろ》藩士でな、これでも真田《さなだ》家の馬廻役《うままわりやく》をつとめておったのだわ」

なるほど、信州の雄藩である松代家（十万石）の元家臣ならば、高遠城の砲台をのぞんだことも一度ならずあろう。

「あ」

六兵衛は膝を叩《たた》いた。

内藤家といえば内藤新宿、四谷大木戸のそばに大きな中屋敷がある。

となれば、文にあった大木戸は四谷にちがいない。

「どうした、ぐずろ兵衛」

「いえ、こっちの話で」

「ふん、妙なやつだな」

氷室之介は、首筋の垢《あか》を掻きおとした。

「どっちにしろ、それは砲術指南書だ。よほど興味のある者でなければ手に取らぬぞ」

「でやしょうね」

「梅乃湯《うめのゆ》の二階から誰かが持ってきたのかもしれぬ」

「梅乃湯でやんすか」

たしかに、町の社交場でもある銭湯の二階には貸本が何冊も置いてある。

「さっそく、行ってみようかな」

「そうするがよい」

氷室之介は鼻歌を唄《うた》いながら、暮れなずむ四《よ》つ辻《つじ》の向こうに消えていった。

二

乾いた地面に人影が長く伸びた。

梅乃湯の暖簾《のれん》を振りわけ、男湯へ踏みこむ。

番台では、女房のおひさが居眠りをしていた。

亭主の梅吉《うめきち》は博打《ばくち》好きの呑んだくれ、ものの役にも立たない。

六兵衛は銭を払わず、番台の横を擦りぬけた。

「お待ち」

すかさず呼びとめられ、叱《しか》られる。

「御用聞きのくせして、湯銭を置かぬ気かい」

「へへ、忘れちまっただけさ」

「どうだか。二階にあがるんなら、倍の十二文だよ」

「けっ、しけてやがる」

「嫌なら来なくていいよ。べっとり汗でも掻いてな」

世間に恨みでもあるのか、おひさはいつも怒っている。

六兵衛は十二文払い、脱衣場に向かった。

板壁の貼《は》り紙には「失《う》せものは存ぜず」と書かれてある。

板の間稼ぎが多いので、責任は持てないと断っているのだ。

六兵衛は流し場で汗を流し、柘榴口《ざくろぐち》は潜《くぐ》らずに脱衣場に戻ってきた。

銭湯でも烏《からす》の行水、滅多なことで湯船には入らない。

「梅乃湯のお湯をうめるな垢が浮く」

川柳《せんりゅう》にも詠《よ》まれるとおり、湯船に浸《つ》かってもからだが痒《かゆ》くなるだけだ。

六兵衛は真新しいふんどしを締め、単衣《ひとえ》を羽織り、段梯子《だんはしご》をのぼっていった。

銭湯の二階は髪結床と並ぶ憩いの場、俳句や仕方噺《しかたばなし》の催しや町の寄合などにも利用される。大広間には将棋を指す親爺《おやじ》どもや、煙管《きせる》を吹かしながらのんびり世間話をする老人たちがいた。なかには、書棚から貸本を引っぱりだし、読みふけっている者も見受けられる。

「あ、半彫りのうにゃ桜だ」

駕籠《かご》かきの倅《せがれ》の鶴松が、ぷっくりした腹を突きだして飛んできた。

「桶屋《おけや》の親爺がまた、ふんどしを盗まれたんだって。どじだねえ、まったく。おっちゃん、親戚《しんせき》なんだろう」

「まあな」

おもいだした。

桶屋の仁吉は五日に一度、雷門からわざわざ梅乃湯まで通ってくる。本を借りに来るのだ。どうやら、ほかの銭湯に置いてない本があるらしい。

つい先日も木戸番小屋に顔を出し、そういえば「妙な本を借りてきちまった」とこぼしていた。

もしかしたら、砲術指南書を忘れていったのは、仁吉かもしれない。銭湯の二階からまちがって借り、番小屋へはこんできたのだ。

きっとそうだなと、六兵衛はおもった。

となれば、梅乃湯に出入りしている貸本の行商が携えてきた本かもしれない。人気のある読本といっしょに紛れこんだ砲術指南書に、懸想文が挟まっていたのだ。

「おっちゃん、貸本屋なら知ってるよ」

鶴松によれば、出入りの行商は八州屋佐平次《はっしゅうやさへいじ》という男らしい。年は四十前後、梅乃湯との関《かか》わりはまだ浅く、三月《みつき》に満たぬ。十日に一度やってくるのだが、心待ちにしている連中も多い。

「八州屋は人気者だ。なぜだか、わかるかい」

「いいや」

「わ印《じるし》だよ」

鶴松はにやりと、意味ありげに笑う。

九つの童子には、とうていみえない。

わ印とは、艶本や咲本《えほん》と呼ばれる好色本のことだ。

「おとっつあんが言ってたよ。わ印は夫婦円満の妙薬だって」

「なるほど、ちげえねえ」

六兵衛が感心すると、鶴松はどんなもんだいという顔で腹を叩いてみせた。

「おい、ませがき、つぎに貸本屋が来るのはいつだ」

「六のつく日にやってくるから、きっと明日来るよ」

「何刻頃《なんどき》」

「申《さる》の七つ（午後四時）過ぎにはやってきて、灯ともしごろに帰ってゆくよ」

鶴松は首をかしげた。

「そういや、妙だな」

「何が」

「桶屋の親爺がふんどしを盗まれるのが、きまって六のつく日だからさ」

仁吉だけではない。六のつく日にはかならず、造りつけの衣裳戸棚《いしょう》からふんどしが二、三枚無くなっているという。

ふんどしの布は貴重なので、盗まれた連中は番台に食ってかかる。

「ふんどしを返《け》えせ、返えせってね、大の大人がうるさいったらありゃしないんだよ」

番台のおひさはきまって、無言で板壁の貼り紙を指差すのだ。

「失せものは存ぜず、か」

そいつを盾に取られたら、運がわるかったと泣き寝入りするしかない。

「まさかとはおもうけど」

貸本屋が板の間稼ぎかもしれないと、鶴松は生意気にも邪推してみせる。

どっちにしろ、明日はいつもより早めに来てみようと、六兵衛はおもった。

三

翌夕、梅乃湯の表口で妙な風体《ふうてい》の願人《がんにん》坊主が踊っていた。

頭に荒縄の鉢巻きを締め、腰には七寸（二十一センチメートル）の注連縄《しめなわ》を簔《みの》のように付け、破《や》れ扇と幣《ぬさ》を振りながら唄《うた》っている。

「あ、すたすたや、すたすた坊主の来るときは世の中良いと申します。夫婦円満でよいとこなり、お見世も繁盛でよいとこなり」

よいとこ尽くしを唄うのは、物乞《ものご》いのすたすた坊主にほかならない。

六兵衛は邪険にせず、近づいて小銭を施した。

「へ、どもども、旦那もおまめでよいとこなり」

剽軽《ひょうきん》に踊りながら、すたすた遠ざかってしまう。

六兵衛は暖簾を振りわけ、番台に湯銭を置いた。

そのまま、からだも流さずに二階へあがる。

鶴松はおらず、仁吉のすがたがあった。

「よう、六、こっちへ来な」

一杯はいっているのか、何やら上機嫌だ。

隣には堆《うずたか》く本が積まれ、見知らぬ小男が座っている。

「ふふ、唐天竺《からてんじく》を背負って歩くのが貸本屋の行商だ。六、こちらは八州屋の佐平次さんだ」

仁吉は鼻の下を伸ばし、冊子を取りだして開いた。

「六、みねえ、佐平次さんがみつけてくれたわ印だぜ、ほらよ」

多色摺《ず》りの半紙のうえで、男女があられもないすがたで交わっている。

豪華な錦絵《にしきえ》の余白には、赤裸々な文章が連綿と綴られていた。

「な、すげえだろ。おれがじっくり味わったら、おめえにもまわしてやるよ。な、佐平次の大将、又貸しもありってことでいいだろう」

「桶屋の旦那にお願いされたら、断ることはできませんや」

人懐っこい丸顔に、愛想笑いが浮かんだ。

仁吉は満足げに笑い、太鼓腹をぺしゃっと叩く。

「偉《えれ》えじゃねえか、なあ、この糞《くそ》暑いのに、江戸じゅうの銭湯を経巡《へめぐ》って、こうして庶民を楽しませてくれているんだ」

「旦那、江戸だけじゃありやせんぜ」

「おう、そうだ。八州屋てえぐれえだもんな。やい、六、こちらの大将は関八州を股《また》に掛けていなさるんだぜ。草鞋《わらじ》千足でも足りねえや。おめえもな、大将の爪の垢を煎じて呑むがいいぜ。なにせ、十手持ちのくせして、終日《ひねもす》、木戸番小屋でたらたら過ごしてやがるんだからな。ちったあ、他人《ひと》様のお役に立ってみな」

いつのまにか、説教されている。

六兵衛は、うんざり顔で溜息《ためいき》を吐《つ》いた。

佐平次は「十手持ち」と聞いてから、何やら落ちつかない。目が宙に浮いている。

こいつはひょっとすると、鶴松が邪推したとおりかもしれねえ。

ちょいと、六兵衛は探りを入れてみた。

「親爺さん、ふんどしはでえじょぶかい」

「おう、そういや、今日は無事だったぜ」

「なら、よかった。盗《と》られたのは、六の日だっていうじゃねえか」

「そういや、そうだな。誰に聞いた」

「鶴松だよ」

「ふん、駕籠かきの倅か」

六兵衛は、佐平次のほうに向きなおった。

「おめえに、ちと訊《き》きてえことがある」

「へ、何でやしょう」

「こいつに見覚えは」

六兵衛は懐中から、砲術指南書を取りだした。

佐平次ではなく、仁吉が横から口を挟む。

「お、そいつはおれがまちげえて持ちだした指南書だ。そうかい、おめえのところにあったのかい」

「そうだよ。高遠藩の砲術指南書らしい」

「おれにゃ縁遠い代物だぜ」

佐平次は応《こた》えた。

「手前には見覚えがありません。たぶん、仕入れた本のなかに紛れていたのでしょう」

「本の仕入れ先ってのは、どこだい」

「日本橋通油町《とおりあぶらちょう》の駿河屋《するがや》さんで、はい」

「駿河屋か、名の通った地本問屋《じほんどいや》だな」

読本や人情本、浮世絵版画などを扱う地本問屋にして、版元でもある。

「親分さん、いってえ、その指南書がどうかしなすったんでやすか」

「なあに、てえしたこっちゃねえ。ところで、おめえ、どうして銭湯ばっか廻《まわ》ってやがるんだ」

佐平次はごくんと生唾《なまつば》を呑み、掠《かす》れた声を発した。

「あらためて訊かれてみりゃ、たしかに妙だな。はて、どうしてだろう。でも、何でそんなことを」

「いや、なに。道中奉行の筋から回覧された人相書きに、おめえとよく似た顔があったもんでな」

「え」

「心配《しんぺ》えするな。おめえのはずはねえさ」

人相書きの話は、ほんとうだった。お尋ね者は元掏摸《すり》の邯鄲師、宿場の旅籠《はたご》を渡りあるいては枕探しをやっていた男だ。

関八州を股に掛けた貸本の行商ならば、枕探しの機会は充分にある。

夕方は銭湯を巡って板の間稼ぎをやり、夜は寝所で旅人の行李《こうり》を漁《あさ》る。

けっこう、儲《もう》けているのにちがいない。

「へへ、貸本の行商なんざ、たかが知れておりますよ。割りのいい商売じゃねえ」

「そうかい。ま、せいぜい気張るこった」

「へ、ありがとさんで。親分さんも何か読みてえ本がごぜえやしたら、手前が探してきやすよ」

「おれは嫌《きれ》えなんだ。絵空事の自慢話をするやつがよ」

「絵空事の自慢話、そいつは物書きのことですかい」

「ほかに誰がいるってんだ」

六兵衛はふてくされた顔で指南書を仕舞い、一階に降りていった。

四

今日も朝から暑い。

太陽がぎらぎら照りつけてくる。

突風に砂塵《さじん》が舞い、口のなかはじゃりじゃりしている。

突ったった髪はごわごわで、町娘たちが外に出たがらないのもよくわかる。

大路に軒を並べる商家のまえでは、丁稚《でっち》たちが競うように打ち水をしていた。

文字どおり、焼け石に水だ。

人影は糸遊《いとゆう》となって揺れながら、逃げ水の彼方《かなた》に消えてゆく。

六兵衛は神田川を越え、両国広小路から日本橋をめざした。

日照草《ひでりそう》を踏みしめ、横山町《よこやまちょう》、通塩町《とおりしおちょう》と過ぎ、浜町河岸の堀川を渡る。

大路に面する通油町は書肆《しょし》の集まるところで、駿河屋はそのなかでも大きなほうだった。

敷居をまたぐと、店内はひんやりしている。

「ほう、こいつはありがてえ」

六兵衛は顎《あご》に垂れた汗を拭《ふ》き、鰻《うなぎ》の寝床のような通路を奥へ向かっていった。

窓から陽も射《さ》さない薄暗がりの片隅に、白髪《しらが》の厳《いか》めしそうな親爺が座っている。

親爺は丸火鉢を抱えているのだが、火鉢のなかに炭はなく、氷のかたまりが無造作に入れてあった。

ひんやりと感じた理由は、それだ。

氷は貴重品である。おおかた、御禁制のわ印を大名にでも売り、しこたま儲けているのだろう。

「どなたかね」

尋ねられ、六兵衛は十手を差しだした。

「こういうもんさ」

親爺は、いっこうにたじろがない。

「どちらの親分さんかね」

「浅草の蛇骨長屋から出張ってきた」

「そいつはまた、遠いところから。御用は何ですか」

「この本に見覚えは」

六兵衛は『天山流砲術指南』を取りだした。

「ちょいと拝見」

表紙を目にしただけで、親爺はうんうんと頷《うなず》いた。

「覚えがあるのかい」

「ある。これはさるお武家さまから買いとらせていただいたなかの一冊。なれど、価値は無いも同然、焼き捨ててもかまわぬ代物だよ」

「さるお武家とは」

「来店の理由をお訊きしたい。言えぬと仰《おつしや》るなら、教えられませんな。それが手前どもの商いにおける約束事にございます」

「わかったよ、正直に話そう。じつは、指南書はどうでもいいんだ。本に一枚の文が挟まってな、おなごの手になる懸想文だ。たぶん、指南書の持ち主に宛《あ》てたものにちげえねえ」

「文の持ち主を捜しておられるのですね」

「ああ、そうだ」

「でも、どうして」

捜す理由をあらためて質《ただ》され、六兵衛は口ごもった。

凶事に絡んでいるわけでもなし、十手持ちが探る話ではない。

親爺は声を出さずに笑った。

「懸想文を持ち主に返したい。そういうことですか」

「それだ」

六兵衛は膝《ひざ》を打つ。

親爺はなぜか、鑿《のみ》を手に取った。

「残念なお話ですが、ご希望は叶《かな》いますまい」

「どういうことだ」

「三年前、指南書の持ち主は亡くなりました」

おもってもみない回答が返ってきたので、六兵衛は面食らった。

親爺は鑿で氷を搔き、欠片《かけら》を口に抛りこんだ。

砲術指南書の持ち主は、赤田《あかだ》慎三郎《しんざぶろう》という。

高遠藩の玉造役人《たまつくりやくにん》で、馬上筒撃ちの名手として知られていた。

ところが、三年前の油照りの日、高田馬場にて敵討《かたきう》ちがあり、助っ人として駆りだされた慎三郎は命を落とした。

「さぞや、無念だったでしょう。敵討ちの主役ならまだしも、助っ人ですからな」

「赤田慎三郎に妻子は」

「独り身でした。二十歳の若さで亡くなったのは、不運としか言いようがない」

慎三郎を敵討ちに誘った張本人は本懐を遂げて生きのこり、殿様から直に「天晴《あっぱ》れ」との褒《ほ》め言葉を貰って出世した。

「可哀相《かわいそう》に、貧乏籤《くじ》を引かされたようなものです」

慎三郎が壮絶な死を遂げたあと、両親は悲嘆に暮れ、しばらくのち、隠居していた父も後を追うように逝ってしまった。

赤田家は無嫡子廃絶となり、ひとり遺《のこ》された母の希望で、駿河屋は数多くの書物を買いとらせてもらったのだという。

「集められた書物をみれば、一目瞭然《いちもくりょうぜん》です。いかに、本好きな父子《おやこ》であったかを。ほとんどは学術書を扱う書物問屋に売りましたが、読本もかなりございました。おそらく、そうしたなかに、砲術指南書が紛れてしまったのでしょう」

「御母堂は、どうしておられる」

「成覚寺《せいがくじ》にて、剃髪《ていはつ》なされたやに聞きました」

「成覚寺とは、太宗寺の裏手にある」

「さよう、宿場女郎の投込寺《なげこみでら》です。もっと詳しい話をお知りになりたいなら、太宗寺へ向かわれるといい。赤田家の菩提寺《ぼだいじ》でしてな、墓守の吾市《ごいち》という者がおります」

「吾市」

「はい」

赤田家に長く仕えた草履取りで、返り討ちに遭った赤田慎三郎の遺髪を泣きながら切った人物でもあった。

「ありがとうよ。助かったぜ」

六兵衛はその足で、新宿へ向かった。

五

内藤新宿という呼び名のとおり、四谷大木戸の近くには広大な内藤家の敷地があった。

閻魔堂《えんまどう》で知られる太宗寺は甲州街道を挟んで対面にあり、内藤家の菩提寺でもある。

厳めしげな門の脇には、百日紅《さるすべり》が赤い花を咲かせていた。

三人の悪童が、艶《つや》めいた細い木を揺すって遊んでいる。

今は八つ刻《どき》（午後二時）を過ぎたあたりだ。

宿坊を訪ねてみると、墓守の吾市はいた。

胡麻塩《ごましお》頭の実直そうな老爺《ろうや》で、赤田慎三郎の名を口にした途端、涙ぐんでしまった。

「若様はそれはもう文武に長《た》けた偉丈夫で、庭の草木や小鳥のお世話などもなさる心根のお優しいお方でした。それが不運にも……あのときほど、神仏の無慈悲を恨んだことはありませぬ。なれど、若様の最期はじつにご立派でした」

吾市は洟水《はなみず》を啜《すす》りあげ、じっくり話を聞かせようと身構えた。

敵討ちの一部始終を、誰かに語りたくて仕方ないのだ。

無理もなかろう。この泰平の世で、人と人が生死を賭《か》けた修羅《しゅら》場《ば》に遭遇する者など稀《まれ》にもいない。

おそらくは、知りあった相手ごとに、同じ話を物語《ものがた》ってきたにちがいなかった。

辻講釈のごとき流暢《りゅうちょう》な語り口で、吾市は喋《しゃべ》りだした。

「頃《ころ》は寛政《かんせい》十年（一七九八）の夏、品川沖に打ちあげられた鯨《くじら》が公方《くぼう》様にお目見えの叶った翌月のことにございました。その日は朝から油照り、じっとしていても汗が吹きでてくるほど蒸し暑い日でした。かの堀部《ほりべ》安兵衛《やすべえ》の敵討ちで有名な高田馬場にて対《たい》峙《じ》したるは敵方五名、味方二名、敵方は助太刀一名の約定を破り、四人の助っ人を連れてきたのでございます。しかも、いずれも金で雇った手練《てだ》れの浪人、見届人が卑怯《ひきよう》なりと詰《なじ》ったところで、刀を抜いてしまえば後の祭り。死闘は敵方の喊声《かんせい》と抜刀により、突如、幕を切って落とされたのでございます」

べべんと、琵琶《びわ》の音色が聞こえてくるようであった。

そもそも、この敵討ちは、赤田慎三郎の朋輩《ほうばい》である長谷部《はせべ》数馬《かずま》の申立てによってとりおこなわれた。数馬の父は国元で東軍流《とうぐんりゆう》を教える道場主であったが、師範代に斬《き》りころされた。原因は、師範代が数馬の妹を娶《めと》りたいと願いでたものの断られ、酒席にて逆上したというもの。凶事がおこなわれたのは道場主である父親の還暦を祝うめでたい席でのことだった。

前後不覚になるほど酔っていたとはいえ、師範代にはいかなる言い逃れもできない。子息の数馬の申立ては藩と幕府に認められ、即刻、敵討ちがとりおこなわれるはこびとなった。

慎三郎は同道場の門下生、親友でもある数馬の願いを拒むことはできなかった。むしろ、喜んで助太刀を引きうけたのだと、吾市は強調する。

高田馬場は修羅場と化した。

「断末魔とともに血飛沫《ちしぶき》が噴き、それはもう合戦場《かつせんば》さながらの光景にございました」

相手に非があるとはいえ、そこは尋常な五分の勝負、強いほうが生きのこる。双方は早朝から夕暮れまで、まさに死闘を演じきった。

「若様は筒撃ちの名手でしたが、無論、飛び道具は使えませぬ。使えば卑怯者の誹《そし》りを免れぬとはいうものの、何度使ってほしいと願ったことか」

吾市はまんがいちのこともあろうかと、慎三郎に内緒で短筒《たんづつ》を携えていた。

「なれど、ついに、手渡すことはできませなんだ」

慎三郎は不得手な刀をもってのぞみ、それでも、三人の浪人を斬りすてた。

しかし、陽もかたむいたころ、三人目と激しく干戈《かんか》を交え、左腕を肘《ひじ》から断たれた。

それでも、右手一本で握った刀を大上段に振りかざし、脅《おび》えた相手を「真向眉庇幹竹《まっこうまびさしからたけ》割《わり》」に斬りふせたのだという。

「まさしく、鬼神のごときはたらきでござりました」

日没となり、哀れ慎三郎は力尽きた。

吾市は脱兎《だっと》のごとく駆けより、血達磨《ちだるま》の主人を抱きよせた。

「元結を、元結を……無念」

それが、慎三郎がいまわに発したことばだった。

吾市は泣きながら、二十歳の若者の髷を切った。

　そして、元結ともども、両親のもとへ届けたのだという。

「いまわに発せられたおことばが、今も耳から離れません。元結は文を紙縒《こより》にしたもののようでしたが、無論、拝見するわけにはまいりませなんだ。いったい、あの文は何だったのか、お訊きできなかったことだけが心残りでした。一度だけ、御母堂さまにお尋ね申しあげたところ、燃やしたとだけ仰せになられたのでございます」

　母の名は、八重《やえ》という。

　八重は吾市に嘘《うそ》を吐いた。

　いったい、どうしてなのか。

　その理由を、六兵衛は知りたくなった。

「八重さまは毎夕、慎三郎さまの御霊《みたま》を弔いにみえられます」

　吾市はそう言い、潤んだ眸子を瞬《しばた》く。

　会ってみようと、六兵衛はおもった。

　本堂の甍《いらか》が夕陽に染まり、鴉《からす》がねぐらへ帰るころ、白い頭巾《ずきん》をかぶった尼僧が墓所へあらわれた。

「あちらさまが、八重さまにございます」

吾市に促され、六兵衛は暮石を縫うように近づいた。

八重は祖先の墓前で跪《ひざまず》き、熱心に祈りを捧げはじめる。

祈りが終わるのを待ち、六兵衛は静かに歩をすすめた。

「もし」

声を掛けると、八重は合掌したまま、ふわりと振りむいた。

墓石の左右には、萎《しぼ》みかけた臙脂《えんじ》色の花が手向けてあった。

百合に似た八重咲きの花、藪萱草《やぶかんぞう》である。

「この花を手向けていただいたお方ですね」

「へい、堀川の土手際に咲いておりやしたもので」

「かたじけのうございます。ときに、萱草の花の異名をご存じですか」

「いいえ」

「忘草《わすれぐさ》と申します」

八重は淋《さび》しげに微笑《ほほえ》み、軽く頭を下げた。

「忘れようとすればするほど、慕る想いもございます。わたくしにはこうして、ただ祈ることしかできませぬ。祈ることでようやく、心の平穏を保っていられるのです。

逝った者と常世《とこよ》でふたたび見《まみ》えることが、生きながらえる者にとっての唯一の希望、おわかりいただけましょうか」

「へい、わかるような気もいたしやす。申し遅れやしたが、あっしは浅草の岡《おか》っ引《ぴ》きで六兵衛と申す者、けっして怪しい者じゃございません」

「岡っ引き」

「へい、御母堂さまにお尋ねしてえことがありやして」

「慎三郎のことですね」

「じつは、そうなんで」

六兵衛は、砲術指南書に挟んであった懸想文のことを包み隠さず喋った。

八重はじっと耳をかたむけ、仕舞いに長い吐息を吐いた。

「そうでしたか、あの文はあなたさまのもとへ」

「指南書に挟んだのは、御母堂さまでやんすね」

「はい。慎三郎は女々しい男であったと、世間におもわれたくはなかったのです。その懸想文を、何度も焼こうとおもいました。けれども、どなたかの念の込められた文を焼くことだけはどうしてもできず、慎三郎がたいせつにしていた指南書に挟んでうっかり忘れてしまったのです」

そして夫の死後、まとめて書肆へ売った書物のなかに、砲術指南書も紛れこんでいた。

「売ったさきは、日本橋通油町の駿河屋ですね」

「はい。偶《たま》さか、以前に立ちよったおぼえがあったものですから」

文の挟まった指南書は、そののち、数奇な運命をたどる。駿河屋から誤って仕入れたのが貸本屋の佐平次で、指南書は読本やわ印に紛れて梅乃湯の二階へ運ばれた。それを桶屋の仁吉がこれまた誤って持ちだし、蛇骨長屋の木戸番小屋に置き忘れていったのだ。

難しい砲術指南書なので、繰ってみる者もいなかった。ゆえに、懸想文は落ちてこなかったのだろう。

「あれの父は、息子の潔い死を誉れに逝きました。でも、わたしは素直に褒めてあげられない。どんなことがあろうとも、慎三郎には生きていてほしかった」

八重は大粒の涙を零《こぼ》し、萎《しぼ》んでしまった忘草を拾いあげた。

「慎三郎には、好いたお方があったようです。ただ、そのお方とはことばを交えたこともございますまい。でき得るならば、懸想文を綴られたお方に、慎三郎の想いを伝えてさしあげたい。神に懸けて結ばれたいとまで願ったお相手ならば、せめて、息子の想いだけは……母親の我《わ》が儘《まま》なのかもしれません。でも、そうしてやることが、あの子へのせめてもの供養になるのではと、そんなふうにおもえて仕方ないのです。どうか、その文を綴られたご本人にお戻しいただけませぬか。お気持ちはしっかり通じていたと、お伝えいただきたいのです」

ことばを交わしたこともない者同士が相思相愛であったならば、それは奇蹟《きせき》というよりほかにない。恋い焦がれた相手に想われていたという真実を知れば、それだけで生きてゆけそうな気もする。常世に旅立った者の忘れ文が、生きながらえている者の心の支えになるかもしれないのだ。

「承知しやした」

六兵衛は、しっかり頷いた。

暮れゆく墓所に風が吹き、忘草の花弁を散らしていった。

六

文を綴った相手の素姓を探るべく、慎三郎が生前に親しかった人物を訪ねてみようとおもいたった。

翌朝、六兵衛は虎《とら》ノ門《もん》まで足を延ばした。

溜池《ためいけ》を眼下にのぞむ高台に、高遠藩の上屋敷はある。

訪ねようとおもった先は、慎三郎を敵討ちに誘った長谷部数馬であった。

繰りかえすようだが、道場主だった数馬の父は師範代に斬られて落命し、それが原因で敵討ちはとりおこなわれた。

国元の長谷部道場は無くなったが、数馬本人は敵討ちの成功で名をあげ、江戸詰めの徒組頭《かちぐみがしら》に出世を遂げていた。

そもそも、岡っ引きと陪臣との接点は無きに等しい。市中で喧嘩沙汰《けんかざた》があっても、町方が陪臣を裁くことはできないからだ。会ってくれるかどうかもわからぬが、六兵衛は門番に掛けあってみた。六尺棒を握った門番は嫌な顔ひとつみせず、長谷部数馬に取りついでくれた。

運良く非番で、徒組屋敷にいたのだ。

親切な門番はわざわざ、数馬を連れてきてくれた。

正門にあらわれたのは、月代《さかやき》を青々と剃《そ》った若侍である。

赤田慎三郎も生きていたら二十三、生気の漲《みなぎ》った藩士になっていたことだろう。

しかし、近づいてよくみると、数馬の額には暗い翳《かげ》りがあるように感じられた。

三年前の出来事を引きずっているのだ。

「長谷部数馬は拙者ですが、何か」

「突然お邪魔して申し訳ありやせん。じつは昨日《きのう》、太宗寺の墓所を訪ね、赤田慎三郎さまの菩提を弔ってめえりやした」

「慎三郎の」

「へい、御母堂さまにもお会いしやしてね。なあに、お手間はとらせやせん。お耳の痛《いて》えお話かもしれやせんが、三年前のことを思いだしていただきてえので」

六兵衛は懐中から懸想文を取りだしてみせ、かいつまんで事情を話した。

数馬は眉間に皺《しわ》を寄せながらも、黙って仕舞いまで聞いていた。

どうやら、性悪な人物ではなさそうだ。

「慎三郎には、どうやって償ったらよいものか、正直、いまだに考えあぐねております。拙者は慎三郎に生かされているようなものです。本来なら、組頭の役を辞すべきであった。事実、そうするつもりでおりましたところ、八重さまにお叱りを受けました。是非とも、お役をお受け願いたい。そうしていただけなければ、慎三郎が浮かばれぬ。慎三郎のぶんも出世を果たし、一所懸命おつとめに励んでほしい。そう、八重さまに諭され、拙者は目が醒《さ》めたのでござる」

「そうでやしたか」

六兵衛は、懸想文のことを尋ねた。

「いかがでやしょう。慎三郎さまにゃ、どなたか、おもいあたるようなお方がおられやしたかい」

「たしかに、慎三郎には好いた娘がありました。上屋敷に女中奉公であがっていた商家の娘です」

「商家の」

「はい。たしか、御用達の米問屋であったやに。記憶はさだかでござらぬし、屋号も娘の名も存じあげませぬ。ただ、あの娘だというのはわかります。顔もはっきりおぼえている。色白のふっくらした娘でした」

「慎三郎さまとその娘がどこかで出逢《であ》ったようなお話は、お聞きになられやせんでしたかい」

「そういえば、一度だけありました。あやつは耳まで赤く染め、娘の顔をすぐ近くでみたと興奮の面持ちで喋ったのです」

「もしや、ふたりが出逢ったのは四谷大木戸では」

「さよう。なれど、出逢ったというほどの話ではない。なにせ、ことばを交わすこともなかったのですから」

　文字どおり、袖が触れただけのことにすぎなかったらしい。

「その話を聞いたとき、拙者は慎三郎の岡惚《おかぼ》れに終わるとおもいました。なにせ、身分がちがう。それに、御用達の娘ならば、いくらでも相手を選ぶことができる。何も好きこのんで軽輩の家に嫁ごうとする娘はおらぬだろうと、かようにおもったのです」

「なるほど」

「迂闊《うかつ》でした。懸想文のことを知っておれば、助太刀を頼まなかったやもしれぬ。慎三郎は心根の優しい男です。きっと、拙者がそうするとおもい、文のことは秘密にしておいたのでしょう……あやつ、懸想文を元結にして、あの死闘を演じきったのか。くそっ、水臭いやつめ」

　数馬は拳《こぶし》を固め、眸子を潤ませた。

　六兵衛は申し訳ないと感じながらも、その場で勘定方の役人を紹介してもらい、出入りの米問屋を調べてもらった。

　三年前に遡《さかのぼ》っても、さほど数は多くない。

　そのなかで、妙齢の娘が女中奉公にあがったことのある米問屋はひとつもなかった。

「めえったな」

あとひと息というところで、六兵衛は探索の糸口を失った。

七

三日経《た》ち、五日経ち、八日が過ぎるころになると、懸想文のことはどうでもよくなってきた。

六兵衛の頭からは、赤田慎三郎の名も消えかかっている。

そこへ。

鶴松が、鉄砲玉《てっぽうだま》のように飛びこんできた。

「捕まえた、捕まえた、ふんどし泥棒を捕まえた」

今日は水無月の十六日、仁吉のふんどしを餌《えさ》にして、長屋のみなで板の間稼ぎを釣りあげたのだという。

「おいらの言ったとおりさ」

下手人は貸本屋の佐平次だった。

「腕を取って捻《ひね》りあげたな、おいらのおっかさんだよ。ついでに、臼《うす》みてえな尻《しり》で踏んづけてやったら、盗人《ぬすっと》め、ぎゃふんとぬかしやがった」

佐平次は後ろ手に縛りあげられ、顔じゅうに風呂釜《ふろがま》の炭を塗りたくられた。

「ほら、引かれ者がやってくる」

表通りに出てみると、裸に剝《む》かれた黒い顔の男が荒縄に引かれてやってくる。

「おうい、六、おめえに手柄を立てさせてやるぜい」

居丈高に発するのは、先頭で荒縄を握る仁吉であった。

長屋の連中を、後ろにぞろぞろ従えている。

駕籠かき夫婦に幇間《ほうかん》医者の念朴、紙屑《かみくず》拾いの源助爺《じい》に手鎖を付けた富士鷹茄子、みんな雁首《がんくび》を揃《そろ》えていた。

六兵衛が盗人をどう裁くか、興味があるのだろう。

佐平次は土間に座らされ、萎びた茄子のように項垂《うなだ》れた。

「さあ、六、はじめろい」

仁吉はふんどしを取られた張本人だからか、態度がでかい。

六兵衛は辟易《へきえき》しながらも、佐平次に対峙した。

「それじゃ、はっきりさせておこう。ふんどしを盗んだのは、おめえだな」

「は、はい」

観念した小悪党の顔は真っ黒で、おもわず、吹きだしてしまいそうになる。

「おいおい、真面目《まじめ》にやれ」

と、人垣から野次が飛んだ。

「ったく、やりにくいぜ」

衆人環視のなか、佐平次はぼそぼそ喋りだす。

「もともと、あっしは掏摸《すり》でやした。板橋宿をねじろにしておりやしたが、宿役人の手下に三度も捕まりやしてね。三度とも見逃してもらったんだが、仏の顔も三度っていう諺《ことわざ》どおり、掏摸は四度目に捕まれば首が飛びやす。だもんで、商売替えを」

旅人の寝枕を漁る邯鄲師に転身し、中山道の宿場を転々としながら稼ぐようになった。銭湯での板の間稼ぎも、転身したついでにやったことだ。

「貸本屋は世を忍ぶ仮姿でござんす」

「けっ、恰好《かっこう》つけんじゃねえ」

仁吉が一歩踏みこみ、横から手を出した。

炭で塗られた月代を、ぱしっと平手で叩く。

「まあまあ、そういきりたつなって」

六兵衛は仁吉を制し、土間に屈《かが》みこんだ。

「佐平次、おめえは大番屋行きだ。詮索《せんさく》部屋で旦那方にこっぴどく責められるぞ、覚悟しとけ。何か、申しひらきは」

「ひとつだけ、よろしいですかい」

「何だ」

「親分さん、あっしは根っからの悪党じゃありやせん」

「悪党はみんな、そう言うぜ」

「まことなんです。あっしにゃ人並みの良心が残っている。赤の他人のために、ひとつだけ良いことをしやした。儲けにもならねえことを、やったげたんですぜ」

「板の間稼ぎの世迷《よま》い事《ごと》なんざ、聞きたかねえな」

六兵衛が突きはなすと、取りまきどもが文句を言いはじめた。

「聞いてやれ、何で聞かねえんだ」

五月蠅《うるさ》い。

六兵衛は仕方なく、顎をしゃくって促した。

「へ、そんじゃ喋りやす」

「もったいぶるんじゃねえ」

「ま、聞いておくんなさい。あれは三年前、紅花《べにばな》で知られる桶川《おけがわ》の木賃宿に泊まったときのことでやした。十六、七の可愛い娘が、女衒に連れられて宿にあがってきやしてね。そんとき、あっしはカモを探していたんだが、その晩はどうも当たりがこねえ。あっさりあきらめ、親しくなった女衒《ぜげん》と酒を酌み交わしながら、夜更けまではなしこんだのでごぜえやす」

娘は名を、おなつといった。

さる藩の御用達にまでなった米問屋の箱入り娘だったが、父親は善人すぎて米をただ同然で貧乏人に分けあたえ、売り掛けを回収できずに身代を潰《つぶ》してしまった。そればかりか、母親ともども太い梁《はり》に帯紐《おびひも》を通し、釣瓶《つるべ》心中をやってのけたのである。おなつは天涯孤独の身となり、親の遺した借金のせいで、身を売るしか生きる術《すべ》がなくなった。

女衒は酔いにまかせ、おなつの素姓をぺらぺら喋った。

「あっしはちょうど、娘が売られてきたところに出くわしたんです」

すでにこのとき、女衒は桶川宿の地廻《じまわ》りと話をつけていた。

なぜ、桶川だったのかはわからない。親のつくった借金をたどってゆくと、桶川の地廻りに行きついたのかもしれぬし、そのあたりは、佐平次も憶測するしかなかった。

「あっしは、不幸な娘に情を移しちまったんです。もちろん、情を移したところで、こちとら芥《ごみ》同然の小悪党、してやれることなんざひとつもねえ」

焦《じ》れったいような気分でいると、女衒が「一朱でいいぜ。売っとばすめえに、味見させてやろうか」と囁《ささや》いてきた。

「据え膳《ぜん》食わぬは何とやら、あっしはその気になりやした。蒸し暑い夜でね、もやもやしていたんです。ところが、いざ、夜着を敷いて娘の顔をみると、何もできなかった。なぜって、あんまり悲しい顔をするもんだから」

何もできずにいると、おなつが「頼みたいことを聞いてほしい」と口走った。

「お慕いするお方に文を届けてもらえまいかと、潤んだ目で懇願するのでやす」

おなつは恥ずかしそうに、相手の姓名も告げた。

「ことばを交わしたこともないお方だが、うらぶれた自分のすがたはみせたくない。それでも、胸に抱いた恋情《おもい》だけは伝えておきたい。だから、文を届けてほしいのだと申しやす」

おなつは、こうも言った。

「返事はいらない、聞きたくもない。どうせ、拒まれるだけのこと。でも、読むだけは読んでほしいのです」

そこで、佐平次は一計を案じたのだという。

「誰の手も介さず、確実に読んでもらえる方法ってのは、たぶん、ひとつしかねえ。落とし文でやす。袂《たもと》への落とし文なら、とりあえずは読んでくれるだろうとおもいやした」

「落とし文か」

「へい。そいつは掏摸にしかできねえ芸当だ。あっしはこのときほど、掏摸でよかったとおもったことはなかった」

「で、首尾は」

「うまくいきやした。あっしはまんまと、袂へ文を落としてやった。でも、そいつを読んでくれたかどうかは、わかりやせん。たとい、読んでくれたにしても、どうせ、この恋は成就しねえ。そんなふうにおもった途端、結末を知る気が失せちまった」

六兵衛はさきほどから、のどの渇きをおぼえていた。

文を届けた相手とは、赤田慎三郎ではあるまいか。

そんな気がしてならないのだ。

「おめえ、懸想文を読んだのか」

「え」

「正直にこたえてみな、読んだのか」

いけないこととは知りつつも、読みたい気持ちを抑えることはできなかった。

「へ、へい」

六兵衛は溜息を吐き、懐中から懸想文を取りだす。

「ひょっとして、おめえが届けた文ってのは、これかい」

「え」

佐平次は仰天した。

事の推移を見守る連中も、狐《きつね》につままれたような面《つら》になる。

「うえっ……ま、まちがいねえ。おなつから預かった懸想文だ」

「因果は巡る糸車、こいつはな、おめえが梅乃湯に持ちこんだ砲術指南書に挟まっていた文だ。そいつがまわりまわって、おいらの目に触れちまったのさ」

「そ、そんなことが……」

「あるんだよ。世の中にはな、宿縁てえもんがある。ほら、みてみな。出だしの二文字が消えているだろう。そいつは血だ。赤田慎三郎という若侍の血なんだよ」

「赤田慎三郎……そうだ、おもいだした。おなつの口から漏れたのは、赤田慎三郎って名でやした」

「高遠藩の玉造役人だろう」

「どうして、親分がそれを」

「指南書の持ち主をみつけようと、方々を訪ねあるいたのさ」

「みつかりやしたかい」

「ああ、でもな、赤田慎三郎は亡くなっちまってた。三年前、朋輩に頼まれて敵討ちの助っ人に駆りだされ、返り討ちに遭ったんだ。そんとき、慎三郎はこの懸想文を紙縒にして、髷に結って闘った。もう、わかっただろう。おなつの恋情は、通じていたのさ」

「そ、そんな……」

佐平次はことばを失い、ぼろぼろ泣きはじめた。

眸子から溢《あふ》れでる涙が、黒い顔を斑《まだら》にしてゆく。

仁吉も長屋の連中もひとり残らず、貰い泣きしはじめた。

通じるはずのない想いが通じていたという奇蹟に、みな、心を震わせているのだ。

ともあれ、おなつの綴った文はまだ、六兵衛の手許にある。

赤田慎三郎の想いは、宙ぶらりんのままだ。

「佐平次よ、おめえにゃまだ、やり残したことがあるんじゃねえのか」

「へい」

草の根を掻きわけてでも、おなつを捜しださねばなるまい。

「よし、大番屋送りは無しだ。仁吉の親爺さん、それでいいですね」

「あたりめえだ。莫迦《ばか》野郎、路銀を掻きあつめてやっから、朝一番で発《た》ちやがれ。板の間稼ぎといっしょに、桶川宿の旅籠を虱《しらみ》潰しにあたりやがれってんだ」

誰ひとり、異を唱える者はいない。

六兵衛は歩みより、佐平次の縄を解いてやった。

八

夕暮れも近い。

野面には見渡すかぎり、「桶川臙脂《えんじ》」の名で知られる紅花が咲いている。

六兵衛は佐平次をともない、中山道六ノ宿の桶川までやってきた。

途中、板橋宿を離れて戸田渡《とだのわたし》に差しかかったころ、佐平次はぷっつりすがたを消した。

だが、逃げずに後を追ってきたらしく、六斎市《ろくさいいち》で賑《にぎ》わう浦和宿《うらわしゅく》に達したとき、ひょっこり戻ってきた。厠《かわや》から戻ったような顔で「おまちどおさま」と言い、照れながら頭を掻いた。

おもったとおり、芯《しん》から悪い人間ではない。

おなつのことが、気に掛かって仕方ないのだ。

「六兵衛親分、こいつは天命かもしれねえ。赤田慎三郎さまの想いをおなつに伝えることができれば、おいらもまっとうな人間になれる。そんな気がしてならねえんですよ」

「ふん、勝手におもうがいいさ」

「でも親分、おいらは心配えでたまらねえ。あれから、三年も経ってるんですぜ。三年も経ちゃ、人の気持ちは変わる。しかも、おなつは春をひさいできたんだ」

荒《すさ》んだ気持ちが鎧《よろい》となり、容易には心をひらかぬだろう。

佐平次に言われずとも、それは充分に予測できることだ。

「それに、おなつがまだ桶川宿にいるかどうかもわからねえし」

「いなけりゃ捜す。とことん捜す。それだけの話だろうが」

「親分」

「何だよ」

「どうして、そこまでやってやるんです。こいつはどうも、岡っ引きの役目にゃおもえねえ」

「理由《わけ》はねえさ。そうしてえから、するだけだ。おめえだって、気持ちにケリをつけてえから、逃げずに戻ってきたんだろう」

「へへ、そりゃまあ、そうですけど」

「事が成就したら、解きはなちにしてやるよ」

「え、ほんとですかい」

「嘘は言わねえ。仁吉の親爺にも頼まれているしな」

「何を」

「文を渡すことができたら、お慈悲を掛けてやれだとさ。ついでに、餞別《せんべつ》も預かってきたが、ま、そいつはおなつをみつけてからの話だ」

「合点《と》で」

陽は疾うに落ち、あたりは薄暗くなってきた。

ふたりは、棒鼻《ぼうばな》のそばにある問屋場《といやば》に踏みこんだ。

問屋場は陣馬継立《つぎたて》のみならず、旅人に旅籠を紹介したり、何かと世話を焼いてくれるところでもある。宿役人の配下には地廻りが控えており、そうした連中に訊いてみれば、宿場女郎のことはたいていわかった。

が、当ては外れた。

問屋場ではこれといった端緒も得られず、淫靡《いんび》な界隈《かいわい》をひととおりあたってもみたが、まともに応えてくれる者もいなかった。

翌日も朝から、心当たりの旅籠を片っ端からあたってみた。

が、やはり、おなつの消息をつかむことはできなかった。

ふたりは意気消沈し、格安の商人宿に草鞋を脱いだ。

「佐平次よ、ちと甘く考えすぎていたようだぜ」

さすがの六兵衛も、疲れた顔で弱音を吐いた。

「桶川にゃ、もういねえかもしれねえな」

売られてきた娘がひとつところに根付くのは、そうある話ではない。

「色街から色街へ鞍替《くらが》えを重ねたあげく、どこかで野垂れ死にするのが関の山。おなつもひょっとすると」

佐平次は、暗い顔で口を噤《つぐ》む。

「だからさ、悪いほうにゃ考えるなってえの。おなつはきっと、どこかで生きている。でなきゃ、おれたちはここにいねえ。な、そうだろう。あの文が、おれたちをここまで連れてきてくれたんだぜ」

「親分の言うとおりだ。よし、明日も旅籠を虱潰しにあたってやるぜ」

その晩は旅の疲れがどっと出て、六兵衛は朝まで泥のように眠った。

九

朝起きてみると、かたわらに佐平次のすがたはなかった。

「あの野郎、また消えちまいやがった」

念のために行李を調べてみたが、何も盗られてはいない。

長屋の連中から預かった路銀は、胴巻きのなかに入れて寝た。

眠い目を擦《こす》っていると、佐平次がしょぼくれた顔で戻ってきた。

「だめだ。朝から五、六軒廻ってみやしたが、どこもかしこも梨《なし》の礫《つぶて》で、おなつらしい女の影もねえ」

「そうか」

やはり、三年という歳月は短いようで長い。

桶川に売られてきた娘の消息に関心を寄せる者など、宿場にはひとりもいなかった。

「めえったな」

六兵衛は項垂れ、太い溜息を漏らす。

そこへ、囲炉裏のほうから、初老の男が声を掛けてきた。

「もし、何やらお困りのご様子ですな」

目尻に皺をつくるのは、白髪の目立つ紅花商人だった。

「ほれ、朝粥《あさがゆ》ができましたぞ。いかがです、おひとつ」

「ありがてえ、じゃ、御相伴に与《あず》からせていただこう」

ふたりは囲炉裏端に擦りより、商人が盛ってくれた木椀《もくわん》を手にした。

口をはふはふさせながら粥を啜り、香の物をひとつ摘まんで齧《かじ》る。

商人は、おもむろに喋りだした。

「手前は与作《よさく》と申します。かれこれ二十有余年、桶川と江戸を行ったり来たり」

六兵衛の目が光った。

「それなら、三年前、この宿場に売られてきた娘のことはおぼえてねえか」

「さて、どうでしょう。不幸な娘なら、何百人とみてきましたもので」

「名はおなつ、年は十六、七、高遠藩の御用達だった米問屋の娘でな、拠所《よんどころ》ない事情から身を売らねばならぬはめになったのよ」

与作は木椀をことりと置き、宙をみつめた。

「色の白い、ふっくらした娘でしたなあ。うん、おなつだ。高遠藩の上屋敷で女中奉公をしたこともあったとか。どうりで、品を感じさせる娘でした」

「それだ、それ。おなつにまちげえねえ」

佐平次は興奮気味に叫び、木椀を抱えたまま身を乗りだす。

六兵衛は呼吸を整え、冷静に質した。

「与作さん、おなつをどこで見掛けたんだい」

「二年前のことでした。板橋の中宿に弁天屋《べんてんや》という老舗《しにせ》の旅籠がございましてね、はい、そこで」

たまには贅沢《ぜいたく》をしようとおもい、商人宿ではなく、大きな旅籠の敷居をまたいだ。すると、はっとするような縹緻《きりよう》良しが漱《すす》ぎ盥《たらい》を携えてあらわれ、艶《つや》やかに微笑んでみせたという。

「おめえさん、まさか」

佐平次の顔が強張《こわば》った。

老練な紅花商人は、顔色ひとつ変えない。

「ええ、ひとつ褥《しとね》で一夜をともにいたしました。おなつは、欲得ずくでかさかしたところのある娘たちとは違っておりました。ですが、そこはやはり見知らぬ男と肌を合わせねばならぬ商売柄、懸命に明るく振るまい、強がっておりましたっけ」

与作はおなつを哀れに感じ、朝まで手枕で添い寝してやったのだという。

「嘘だろう」

「いいえ、嘘じゃありませんよ。おなつは昏々《こんこん》と、それこそ、死んだように眠っておりました。ですが、手前が少しばかり朝寝をした隙に、煙のごとく消えてしまったのです」

「それっきりか」

「ええ、それっきり」

のちになって、二度ほど弁天屋に宿をとってみたが、おなつと出逢う機会は二度と訪れなかった。

「まだ板橋宿におるのかもしれませんし、あるいは、どこかへ移ってしまったかもしれません」

「よし、行ってみよう」

与作に礼を述べ、ふたりは商人宿を引きはらった。

板橋までは七里二十二町（約三十キロメートル）、終盤に戸田渡もあるが、一日で踏破できぬ道程《みちのり》でもない。

ふたりは、上尾《あげお》、大宮《おおみや》、浦和、蕨《わらび》と、飛ぶように道を稼ぎ、夕暮れの仕舞い便となる渡し船で荒川《あらかわ》を越えた。

土手一面には華燭《かしよく》を灯《とも》したかのように、夕菅《ゆうすげ》が咲いていた。

川を渡ってからは、志《し》村《むら》、蓮沼《はすぬま》と通過し、板橋宿にいたる。

中宿《なかしゆく》の弁天屋は、石神井《しやくじい》川を渡ってすぐのところにあった。

ふたりは倒れこむように敷居をまたぎ、荷を解《ほど》くのもそこそこに、古株の番頭をつかまえた。

勢いこんで、おなつの消息を尋ねてみると、ここでも虚《むな》しいこたえが返ってきた。

おなつは一年前から宿場におらず、別の地へ鞍替えしてしまったのだという。

あきらめ交じりで行き先を聞いてみると、番頭は意外にも知っていた。

「今はどうだか知りませんが、半年前までは浅草の堂前《どうまえ》におりました」

「なに」

堂前といえば、蛇骨長屋から目と鼻のさきの岡場所にほかならない。

よくよく訊けば、すけべな番頭はおなつを買いに行ったのだという。

「ふん、けったくそわりいや」

六兵衛と佐平次は弁天屋を飛びだし、対面する布袋屋《ほていや》に旅籠を替えた。

十

双六《すごろく》で振りだしに戻った気分だ。

おなつが流れ流れて行きついたさきは、浅草の堂前だった。

東本願寺《ひがしほんがんじ》の西寄り、新堀《しんぼり》河岸を挟んだ向こうの坂本町《さかもとちょう》から浅留町《あさどめちょう》に掛けた岡場所のことだ。

規模は大きく、百人からの女郎がいる。

どぶ臭い横町には長屋風の切見世《きりみせ》が並び、白塗りの女郎たちが蠢《うごめ》いていた。

相場はひと切り二百文、泊まりは二朱、岡場所番付の『九蓮品定《きゅうれんしなさだめ》』では星ひとつの評価もない。歯の抜けた年寄りや病気持ちが多いことでも知られている。

この界隈を「堂前」と呼ぶのは、元禄《げんろく》のころに焼失するまで、三十三間堂《さんじゅうさんげんどう》があったからだという。

幼い時分から遊び場だったこともあり、六兵衛は鼠《ねずみ》の逃げ口まで知っている。

「へえ、そいつは心強いこって」

「堂前にはな、生き字引がいる。占い師の婆さまだ」

化けべそのおゆめという。

年は判然とせず、百歳を超えていると告げる者もある。

おゆめは辻占《つじうら》をやりながら、女郎たちの悩み事を聞いてやる。

気難しい性分で、嫌いな相手にはひとことも口を利いてくれない。

女郎を苦しめる十手持ちは、ことに毛嫌いされていた。

さいわい、六兵衛は気に入られている。

「おれを、十手持ちとはおもってねえのさ」

午後の陽射しが、容赦なく照りつけてきた。

埃《ほこり》まみれのふたりは、堂前に踏みこんだ。

どぶ臭い露地裏に、客らしき人影はない。

前をはだけた女たちが、腐った魚のように寝そべっている。

どろんとした眼差《まなざ》しと舌打ちを浴びながら、迷路の奥へ踏みこんでゆく。

「うえっ、親分、鼻の欠けたのがおりやすぜ」

「昼だから、付け鼻を外しているんだろうよ。ここはな、そういうところさ。まっとうな人間の暮らすところじゃねえ」

だが、おなつは、このうらぶれた切見世のひとつにいたという。

「堕《お》ちるところまで堕ちたってとこだな」

佐平次は皮肉を漏らし、ふうっと溜息を吐いた。

さらに、狭苦しい露地を何本か曲がり、六兵衛たちは松原寺《しょうげんじ》の裏手までやってきた。

竹藪《たけやぶ》の奥まったところに、喬木《きょうぼく》の枝に覆われた庵《いおり》がある。

おゆめは十数年もまえから、潰れかけた庵に居着いていた。

陽の射さぬ藪をすすむと、荒れはてた庵はあった。

手習いに通っていたころ、肝試しによく訪れたところだ。

「化け物でも棲《す》んでいそうだぜ」

身震いする佐平次を尻目に、階《きざはし》を五段ほどのぼる。

観音扉を開くと、真正面に奪衣婆《だつえば》のごとき皺顔の老婆が正座していた。

「ぬへっ」

佐平次は驚き、床に尻餅《しりもち》をつく。

六兵衛に助けられ、何とか気を取りなおした。

「おゆめ婆さんよ、生きてんのか」

歩みより、肩を突っつこうとする。

刹那《せつな》、おゆめは眸子を見開いた。

「うえっ」

佐平次がまた、腰を抜かしかけた。

おゆめの右目に黒目はなく、灰色に濁っている。

それでも、左目は辛うじてまだみえているらしい。

「海苔《のり》屋の洟垂れか、何用じゃ」

六兵衛は凄《すご》まれ、頭を掻いた。

「おなつって娘を捜してるんだ。年は二十歳《はたち》ごろ、色白でふっくらした面立ちの娘らしい」

「うひょひょ、色白でふっくらした娘じゃと。そんな女郎が堂前《ここ》におるもんか。おぬしも知っとろうが」

「まあな」

「堂前へ流れてくるのは、餓《う》えた牝犬《めす》どもじゃ。半分は瘡《かさ》持ちよ」

おゆめは、むっつり口を噤《つぐ》んだ。

六兵衛は袖から小粒を取りだし、皺だらけの手に握らせてやる。

すると、おゆめは静かに語りだした。

「二十歳のおなつなら、ひとりおるでな。何でも、むかしは米問屋の箱入り娘だったとか。素姓がばれて、年嵩《としかさ》の連中からこっぴどくいじめられた。堕ちる以前の肩書きなんぞ、ここじゃひとつも通用せん。そいつをな、体罰でわからせてやろうって魂胆さ」

師走《しわす》も押しせまったある晩のこと、おなつは性悪な女郎たちに四肢を縛られ、手足の生爪《なまづめ》をぜんぶ剝《は》がされてしまったのだという。

「あの晩からじゃ、おなつが喋らなくなったのは。でも、あの娘は偉いよ。奥歯を食いしばってがんばってる。生きていかにゃならんからね。がんばって稼がにゃ、冷たくなっちまうしかないんだから。うひょひょ、見掛けによらず、おなつは芯の強い娘さ」

「婆さんよ、どこに行けば会える」

「今時分はたいてい、菊屋橋《きくやばし》のたもとにいる。朽ちた小舟をねぐらにして、酔客を漁っているのさ。とても二十歳にゃみえないよ、見る影もなくうらぶれちまってねえ。でも、ふとしたときにみせる横顔がたまらなく綺麗なんだよ。綺麗なだけに、悲しすぎる。ま、行ってみるといい。人懐っこいおまえの顔なら、おなつも恐れはしないだろう」

六兵衛は礼を言い、庵をあとにした。

ようやく、おなつに逢える。
だが、いざ、そうなってみると、鉛の下駄を履いたように足が重く感じられた。
はたして、文を素直に受けとってくれるだろうか。
赤田慎三郎の想いは、きちんと伝わるのだろうか。
不安だけが、頭のなかを堂々巡りしはじめた。

十一

竹藪を突っきったところで、ざっと夕立が降ってきた。
ずぶ濡《ぬ》れになって露地裏をたどり、新堀河岸へ向かう。
さきほどは気づかなかったが、切見世の軒下には随所に合歓《ねむ》の花が咲いていた。
絹糸のような薄紅色の花弁は雨に濡れ、渇いた心にひとときの涼をもたらしてくれる。
女たちの漏らす溜息が、六兵衛には聞こえてくるようであった。
おゆめの言った小舟は、菊屋橋の橋下の繁《しげ》みにへばりついていた。
朽ちた船上には、四隅に篠《しの》を立てて莚《むしろ》をかぶせただけの覆いがなされ、赤い襦袢《じゆばん》が蛇の舌のように閃《ひらめ》いている。

世の中から見捨てられた者たちの行きつく末路がここにあった。

おなつは懸想文を佐平次に託し、その日から、けっして幸福とは言えぬ道程を歩んできた。この世に生きた唯一の輝かしい証拠《あかし》こそが、赤田慎三郎に宛てた懸想文だったのかもしれない。

どんなおもいで、おなつは文を綴ったのであろうか。

溢れるような恋情を抑えきれず、一心不乱に綴ったのかもしれず、胸苦しさを抱きながら書かずにはいられなかったのかもしれず、それは朽ちた船上で客を引く本人にしかわからぬことだ。

訊いてみたいと、六兵衛はおもった。

いつのまにか、夕立は去り、蟬時雨《せみしぐれ》が聞こえている。

橋下の隧道《すいどう》には、微風《そよかぜ》が吹きぬけていた。

小舟のうえで感じるわずかな揺れが、おなつに安らぎを与えてくれているのだ。

六兵衛は舟縁《ふなべり》に近づき、そっと声を掛けてみた。

「おなつさんはいるかい」

反応はない。

「恐がらなくてもいいんだぜ。おれは御用聞きの六兵衛ってもんだ」

赤い襦袢が、するすると手繰りよせられた。

白粉《おしろい》の落ちかけた顔が、怖《お》ず怖《お》ずと差しだされる。

「おめえが、おなつか」

痩《や》せていた。

ふっくらした面影は微塵《みじん》もない。

が、佐平次はしっかり頷いた。

まちがいない、おなつなのだ。

「貸本屋の佐平次だ。こいつの顔におぼえはねえか」

おなつはこたえるかわりに、首を左右に振った。

目鼻立ちが整っているだけに、かえって、うらぶれた様子が目立ってしまう。

垢じみた着物からは饐《す》えた臭《にお》いがただよい、生えかけた手足の爪は黒く変色している。

まさか、舌まで抜かれたのではあるまいな。

六兵衛は、少し心配になった。

佐平次は泣きたいのを怺《こら》え、ぐすっと洟を啜る。

「三年前、桶川の木賃宿で、おめえに文を託された。おぼえてねえか」

「さあ」

おなつは顔色も変えず、掠れた声を発する。

六兵衛は、ほっとした。

と同時に、肩を落とす。

やはり、人の想いとは、そう長くつづくものではない。

荒んだ暮らしが、人の心を頑《かたく》なにしてしまうのだろう。

佐平次は必死だ。

「なあ、おもいだしてくれ。おいらはあんとき、おめえに懸想文を手渡されたんだ」

「懸想文」

「ああ、そうだ。おめえは泣きながら、おいらに頼んだじゃねえか。後生だから、さるお侍《さむれ》えに文を届けてほしいと。おいらはな、おめえの願いを聞きいれてやったんだぜ」

おなつの耳が、ぴくっと動いた。

「安心しな。お侍えはな、文を読んでくれたんだぜ。それだけじゃねえ、おめえの綴った文を紙縒にして髷に結んでな……髷に結んで、敵討ちにのぞんだのさ。そしてな、見事に死に花を咲かせやがった」

佐平次は一気に喋り、ちくしょうと悪態を吐いた。

おなつは身じろぎもせず、じっと聞き耳を立てている。

「……敵討ち、死に花」

舟板をみつめ、呪文《じゅもん》のように唱えつづけた。

六兵衛は袂をまさぐり、黄ばんだ文を取りだした。

「こいつを、返《け》えしに来たんだ」

六兵衛はおなつの手を取り、文を握らせてやった。

「みてみな、出だしの二文字が滲んでいるだろう。何て書いたか、おぼえているかい」

「……よ、四谷」

おなつは、絞りだすように吐いた。

「おう、そうさ、書き出しは四谷だ。おめえは四谷大木戸のそばで、赤田慎三郎さまを見初《みそ》めたんだ。ちがうかい」

「四谷大木戸のそばで、袖と袖が触れあったのでございます。赤田さまは何も仰らず、はにかんだように微笑まれました。わたしはことばも忘れ、土筆《つくし》のように立ち惚《ほう》けてしまった。凜々《りり》しいおすがたがみえなくなってしまってからも、胸の高鳴りはおさまりませんでした」

袖と袖が触れあったにもかかわらず、ふたりは生きているあいだに結ばれることはなかった。

「四谷という文字を消したのは、赤田慎三郎の血だ。佐平次も言ったとおり、赤田さまはこの文を元結にして、死地に向かった。おめえのことを、恋い焦がれていたにちげえねえ。懸想文を髷に結ぶってことは、そういうことだろ。な、おめえの恋情《おもい》は伝わっていたのさ。いいや、赤田さまのほうが、おめえのことを想っていたにちげえね え。これでようやく手仕舞いにできる。宙ぶらりんの想いも、おさまるところへおさまったってわけだ」

おなつの口許が、への字にゆがんでいった。

泣くまいとしても、大粒の涙が溢れてくる。

「親分さん」

「おう、どうしたい」

「もう少し……も、もう少し生きてみようって……そう、おもえてきました」

「そうかい、なら、よかった。赤田さまは、四谷大木戸近くの太宗寺に眠っていなさるぜ」

「あ、ありがとうございます……う、うう」

おなつは文を胸に抱き、小舟のうえで泣きくずれた。

佐平次も、顔をくしゃくしゃにして泣いている。

その肩を叩き、六兵衛は小舟に背を向けた。

「これで、おれたちの役目は終わりだ。さ、行こうぜ」

「へ、へい」

遠ざかるふたりの背中に向かい、おなつは懸命に祈りつづけている。

無論、生きる支えを得られたとて、今の暮らしから逃れる術《すべ》はない。

それでも、生きぬいてほしいと、六兵衛は願わずにいられなかった。


六兵衛は菊屋橋を渡り、門跡前の大路で足を止めた。

「佐平次よ、ここでお別れだ」

「え」

「えじゃねえ、どこへなりと行っちまえ」

佐平次は俯《うつむ》いたまま、その場を動こうとしない。

「縄を打っちまうぞ。気が変わらねえうちに消えな」

「親分と別れ難くなっちまってね、このとおり、足が動かねえんですよ」

「おっと、でえじなことを忘れるところだ。仁吉の親爺から餞別を預かってた」

六兵衛は行李をあけ、ふんどしを取りだした。

「げっ、餞別ってのは、それですかい」

「使い古しだが、布地はちゃんとしてるぜ」

「へい、へへへ」

佐平次はふんどしを受けとり、泣き笑いの顔をしてみせる。

「じゃあな」

「へい、御達者で」

とは言ったものの、佐平次は性懲りもなく、梅乃湯に顔をみせることだろう。

ようやく、涙もろい板の間稼ぎは消えた。

それと入れ替わりに、四つ辻のほうから、すらりと四肢の伸びた町娘がひとりやってくる。

いや、町娘ではなかった。

夕陽を受けているので、顔ははっきりしない。

だが、六兵衛にはわかっている。

「おこん」

呼び声が通じたのか、おこんは早足で近づいてきた。

「おまえさん」

少し離れたところから、恥ずかしそうに声を掛けてくる。

「お、どうした」

「辻占のおゆめさまを訪ねたら、菊屋橋に行きゃ逢えるって聞いてね。さっきから、そこの四つ辻で待っていたのさ」

おこんは黒目がちの眸子で、探るようにみつめてくる。

「長屋のみんなから、懸想文の話は聞いたよ。首尾はどうなったんだい」

「何とかな」

「そう」

ふたりは肩を並べ、のんびりと歩みだす。

「おこん、今夜はどうする」

「うん、そっちに泊まろうとおもって」

「そうかい」

「いっしょに、梅乃湯に行こうよ。旅の垢を落とさなくちゃならないだろ」

「そうだな、おめえの言うとおりだ」

「早く行こ」

おこんは埃まみれの袖を引き、素早く腕をからめてきた。

六兵衛は驚き、兎《うさぎ》のように跳ねたくなった。

背には杏子《あんず》色の夕陽がある。

ふたつの影はひとつになり、門跡前の大路をゆっくり遠ざかっていった。

本書は、二〇〇八年六月に刊行された
『忘れ文　ぐずろ兵衛うにゃ桜』（幻冬舎文庫）
を底本とし、一部を加筆・修正しました。

時代小説文庫
さ 20-8

十手長屋物語《じってながやものがたり》 一

著者 坂岡 真《さかおか しん》

2019年3月18日第一刷発行
2019年4月8日第三刷発行

発行者 角川春樹

発行所 株式会社 角川春樹事務所
〒102-0074 東京都千代田区九段南2-1-30 イタリア文化会館

電話 03(3263)5247[編集] 03(3263)5881[営業]

印刷・製本 中央精版印刷株式会社

フォーマット・デザイン&シンボルマーク 芦澤泰偉

ISBN978-4-7584-4238-1 C0193

http://www.kadokawaharuki.co.jp/[営業]
fanmail@kadokawaharuki.co.jp[編集] ご意見・ご感想をお寄せください。

あっぱれ
毬谷慎十郎
一
虎に似たり
坂岡真
角川春樹事務所